KB114232

이모탈 퓨전 판타지 소설

**FUSION FANTASTIC STORY**

# 워리어

*Warrior*

# 워리어 5

이모탈 퓨전 판타지 소설

초판 1쇄 찍은 날 § 2015년 1월 16일
초판 1쇄 펴낸 날 § 2015년 1월 23일

지은이 § 이모탈
펴낸이 § 서경석

편집부장 § 권태완
편집책임 § 한준만

펴낸곳 § 도서출판 청어람
등록번호 § 제387-1999-000006호
등록일자 § 1999. 5. 31
어람번호 § 제1-2029호

주소 § 경기도 부천시 원미구 부일로 483번길 40 서경B/D 3F (우) 420-822
전화 § 032-656-4452 팩스 § 032-656-4453
http://www.chungeoram.com
E-mail § chungeorambook@daum.net

ISBN 979-11-04-90068-6 04810
ISBN 979-11-316-9239-4 (세트)

이모탈 퓨전 판타지 소설
FUSION FANTASTIC STORY

⑤

Warrior
워리어

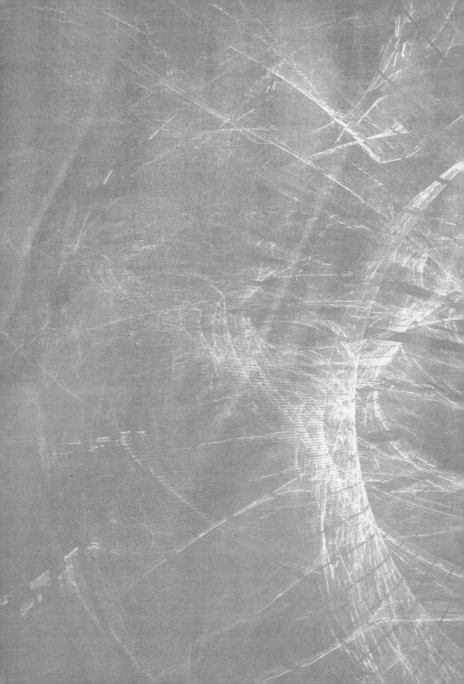

# Warrior
## 워리어

## CONTENTS

# 제1장

전조

*Warrior*

"소, 소장님!"

"끄응! 대체 무슨 일인가?"

다급한 누군가의 부름에 피츄슈킨 소장은 얼굴을 잔뜩 구긴 채 짜증난 표정으로 일어나 앉았다.

그렇지 않아도 죄수들의 폭동 때문에 가뜩이나 신경을 많이 써서 늦게야 잠들었는데 그 단잠을 깨우니 짜증날 수밖에 없었다.

"포, 폭도들이……."

순간 피츄슈킨 소장은 불안한 느낌이 들었다. 본성 밖에 있던 폭도들이었다.

아무리 날고 긴다고 하지만 안에서 문을 열지 않는 한은 절대 들어 올 수 없을 것이고, 겨우 4천 정도 되는 병력으로는 공성조차 제대로 할 수 없을 것이다.

결국 버티기만 한다면 안과 밖에서 몰아치는 정규군에 의해 지리멸렬하거나 끝까지 반항하여 죽음으로 내몰릴 수밖에 없다고 생각했다.

그런데 이 불길한 느낌은 대체 뭐란 말인가?

"서, 성문을 돌파했습니다."

"……."

순간 피츄슈킨 소장은 앉은 자리에서 얼어붙었다. 그의 머리에 떠오른 생각은 단 하나.

'어떻게?'

"…님! 소… 님! 소장님!"

"아? 아!"

급하게 달려 들어온 이가 연거푸 부르자 그제야 정신을 차리는 피츄슈킨 소장이었다.

"메이지 라스푸틴은?"

"그……."

말을 잇지 못하는 이였다. 그에 피츄슈킨 소장은 대충 알 수 있었다.

"퀴르텐 부소장은?"

"저기… 그, 그게……."

여전히 버벅이는 병사였다. 순간 또 다른 불길함이 피츄슈킨 소장의 뇌리에 떠올랐다.

"피터! 피터는 어디 있나?"

갑작스럽게 침대에서 벌떡 일어나며 대충 옷을 걸치며 경비 사단장의 이름을 부르는 피츄슈킨 소장이었다.

"사, 사단장님께서는 본성에 침입한 폭도들을 막기 위해 내성으로 향하셨습니다."

"그래. 그런가?"

그그그극!

그렇게 말을 하면서 피츄슈킨 소장은 침실에 있는 벽장을 밀었다. 그러자 기괴한 마찰음을 내며 밀리는 벽장이었다.

"지금 상황은?"

피츄슈킨 소장은 빠르게 냉정을 되찾았다. 본성 성문을 열고 적들이 침습했다면, 이미 내성까지 점령된 것이나 다름없었다. 왜냐하면 본성 성문에 배치된 이들은 모두 죄수들이었으니까. 말이 내성이지 낮은 목책으로 만약을 대비해 사방을 두른 것뿐이니까 말이다.

이제는 폭도들의 수가 더 많아졌다고 해도 과언이 아니었다. 그런 판국에 이곳에 머물러 있을 생각은 절대 없었다.

메이지 라스푸틴과 쿼르텐 부소장의 종적이 묘연하다는 것은 그들은 이미 이곳을 벗어났다는 것을 의미했다. 그들이 이곳을 벗어남에 있어 단순히 몸만 빼지는 않았을 것이다.

자신과 퀴르텐 부소장은 제물에 대한 비밀을 공유하고 있었으니까.

하지만 피츄슈킨 소장은 모든 것을 공유하지 않았다. 바로 이곳에 그만의 공간이 따로 있었다.

그는 스스럼없이 열려진 벽장 속으로 몸을 들였고, 병사 역시 말없이 따라 들어갔다.

벽장 안은 생각 외로 밝았다. 아니, 오히려 침실보다 더 밝아 보였다.

좌우, 그리고 바닥은 단단한 암석으로 되어 있었고, 조금 더 들어가자 바닥으로 향하는 계단이 나타났다.

병사는 곧바로 횃불 하나를 챙겨 계단을 밝혔고, 나선형으로 이어진 계단을 한참 지나서야 바닥에 내려올 수 있었다.

피츄슈킨 소장은 그동안 단 한마디도 하지 않았다. 병사 역시 마찬가지였다. 가끔 피츄슈킨 소장은 병사를 힐끔 쳐다보았지만 병사는 이런 곳은 처음이라는 듯이 주변을 두리번거리며 따라올 뿐이었다.

그런 병사를 보며 회심의 미소를 떠올리는 피츄슈킨 소장이었다.

마침내 바닥에 다다르자 피츄슈킨 소장은 주변을 한 번 둘러보더니 병사와 눈이 마주쳤다. 병사는 여전히 잔뜩 움츠린 채였다.

피츄슈킨 소장은 벽 한쪽 면을 어루만졌다. 그에 다시 돌이 갈리는 소리를 내며 거대한 석문이 열리기 시작했다.

그에 병사는 화들짝 놀라 눈을 퉁방울만 하게 뜨면서 입을 쩍 벌렸다. 저 거대한 석문이 열린다는 것이 믿기지 않는다는 듯이 말이다.

병사가 그러거나 말거나 피츄슈킨 소장은 열린 석문으로 걸음을 옮겼고, 이내 병사는 턱이 떨어질 정도로 입을 벌릴 수밖에 없었다. 그 안에는 금은보화가 널려 있었기 때문이었다.

"그럼 수고했네."

그러면서 피츄슈킨 소장은 무언가를 하나 들어 병사에게 건넸다. 병사는 그것을 보고 손을 덜덜 떨며 받았다. 금화였다. 평생 구경하기도 힘든 금화 말이다.

"고, 고맙습니다."

금화를 받아들고 고맙다는 듯이 고개를 깊숙하게 숙이는 병사였다. 그 모습을 놓치지 않은 피츄슈킨 소장은 소매에서 날이 시퍼렇게 선 비수를 꺼내 허리를 숙이고 있는 병사의 목을 찔러들어 갔다.

피츄슈킨 소장은 믿어 의심치 않았다. 이 날카로운 비수에 병사가 죽을 것임을 말이다.

하지만 곧 그는 무언가 잘못 돌아가고 있다는 느낌을 받게 되었다. 분명 어떤 둔탁함이 느껴져야 할 그의 손에 아무런 느낌이 들지 않았기 때문이었다.

피츄슈킨 소장은 곧바로 몸을 빼 뒤로 물러났다. 그리고 조심스럽게 전방을 바라보았다. 그의 전방에는 예의 멍청해 보이는, 아니, 간사한 웃음을 띠고 있는 병사의 모습을 볼 수 있었다.

"네, 네놈은 누구냐!"

피츄슈킨 소장은 신중한 모습으로 입을 열었다.

자신의 비수를 피하는 것은 결코 병사가 할 수 있는 몸놀림이 아니었다.

처음의 어리숙한 모습은 온데간데없는 병사의 입에는 비웃음까지 걸려 있었다.

"데어세크(De' aSek)!"

"데어세크?"

"정보 수집, 암살, 교란 등의 임무를 맡은 부대지."

"……."

데어세크라는 말에 뚫어지게 병사를 바라보는 피츄슈킨 소장. 그러다 이내 그는 놀란 듯 입을 열었다.

"너, 너는?"

"이런 들켰나?"

어깨를 으쓱해 보이는 병사였다. 그런 병사의 태도이 이를 부득 갈아 붙인 피츄슈킨 소장.

"으득! 얼마를 주던가?"

어차피 암살자들에게 충성을 바라는 것은 무리였다. 그것을 너무도 잘 알고 있는 피츄슈킨 소장.

"돈이라……."

팔짱을 끼며 말을 흐리는 병사. 그에 피츄슈킨 소장은 다급하게 물었다.

"두 배. 아니, 세 배를 주지."

"호오~"

세 배라는 말에 눈을 반짝이는 병사. 하지만 그의 얼굴은 그리 기분 좋은 표정은 아니었다. 아니, 오히려 그렇게 나올 줄 알았다는 표정을 지어보이고 있었다.

그러면서 나직하게 웃음을 떠올리는 병사.

그에 피츄슈킨 소장도 자신의 거래가 통했다는 느낌을 받았는지 마주 이를 드러내며 웃었다. 하지만 이내 병사가 내뱉은 말에 얼굴이 굳어질 수밖에 없었다.

"그랬으면 좋겠지만 난 목숨이 하나라서 말이지."

죽기 싫다는 말이었다. 상당히 의외로운 말이라 할 수 있었다. 암살자는 죽음을 곁에 두고 사는 자들. 그러한 자들이 죽음을 두려워한다는 것은 그만큼 공포스러운 존재가 있다는 것이 의미했다.

"도대체 누가……."

"카이론 에라크루네스 대장!"

"허억!"

피츄슈킨 소장은 진정으로 놀랐다. 또한, 진정으로 자신의 실책을 인정하지 않을 수 없었다.

설마 이렇게 될 줄은 몰랐다. 그냥 재미있는 장난감 정도가 들어왔다고 생각했다.

그런데 단 한 달이다.

아니, 한 달이 조금 넘은 시점이다. 그런데 그 한 사람에 의해 악명이 자자한 알카트라즈 전체가 무너지고 있었다.

갑자기 분노가 일었다. 단 한 놈에게 자신의 모든 것이 무너졌다는 생각에 말이다.

"죽일 놈들! 죽어랏!"

피츄슈킨 소장은 어느새 검을 뽑아들고 자신의 앞에 있는 자에게 달려들었다. 하지만 그는 보지 못했다. 그의 목을 향해 쇄도하는 예리하고 날카로운 섬광을 말이다.

서걱!

몸을 날리던 피츄슈킨 소장의 몸이 움찔했다. 그러더니 그의 목이 떨어져 내렸다. 핏물이 쏟아졌고, 사내는 이미 멀찍이 떨어져 있었다.

그리고 죽은 피츄슈킨 소장이 있는 자리에는 또 다른 한 명이 모습을 드러냈다.

아시커나크였다.

그는 가볍게 쿠크리를 털었다. 그러면서 창고 안을 살펴보았다.

"많이도 해먹었군."

"이거 다 가져갈 수 있을지도 의문이 듭니다."

"위치를 알았으니 굳이 옮길 필요는 없겠지."

"그렇습니까?"

"돌아가지."

가볍게 고개를 끄덕인 아시커나크였다.

아마도 그의 생각이 맞다면 카이론은 당분간은 움직이지 않을 것이다.

죄수들을 완벽하게 자신의 수족으로 만들기 전까지는 말이다.


*　　*　　*


"빨리!"

두 명의 사내가 다급하게 움직이고 있었다.

둘 다 두 손에 무언가를 바리바리 들고 있었는데, 그들은 다름 아닌 부소장 페테 퀴르텐과 메이지 그레고리 라스푸틴이었다.

그들은 세가 불리함을 알자 바로 소장의 금고와 자신들이 그동안 모아 왔던 재물을 정리해 도망치는 것이었다.

"허억! 허억!"

"빨리! 빨리 움직이게."

그들은 지금 조금씩 지쳐 가고 있었다.

평소였다면 그리 멀지 않을 원거리 이동 마법진일 것이었다. 그런데 오늘은 왜 이리 먼지 알다가도 모를 일이었다.

그들은 양손과 등에 바리바리 걸머쥔 재물을 결코 놓고 가려 하지 않았다.

사방에서 비명 소리가 울려 퍼지고 창검이 부딪히는 소리가 나니, 소장을 속이고 재물을 가지고 튈 정도의 간담을 가지고 있는 그들이라 할지라도 손발이 어지러울 수밖에 없었다.

"후욱! 후욱! 조, 조금만 쉬었다 가세."

"그, 그러지. 후우~"

그들은 잠깐 자리에 앉아 쉬었다.

"멍청한 소장 같으니라고. 사람 죽이는데 무슨 재미를 보겠다고……."

퀴르텐 부소장이 나직하게 투덜거렸다. 만약 의뢰가 들어오는 그 순간 제거했다면 결코 이런 일은 벌어지지 않았을 것이다.

평생 호의호식할 수 있는 자리였거늘 여기에서 멈춘다는 것이 못내 입맛이 쓴 퀴르텐 부소장이었다.

"그래도 그동안 많이 챙겼지 않나. 멍청했으니 우리에게 속아 넘어간 것이겠지."

메이지 라스푸틴이 숨을 몰아쉬며 입을 열었다.

퀴르텐 부소장은 그를 5서클의 메이지로 소개했지만 그는 단지 눈을 어지럽힐 정도인 2서클의 메이지였고, 지금껏 보인 마법은 거금을 들여 산 스크롤로 힘입은 바가 컸다.

그들이 지금껏 소장의 눈을 속일 수 있었던 것은 역시 소장의 가려운 곳을 긁어주는 탁월한 능력과 소장의 욕심 때문이라 할 수 있었다.

"쉬이~"

갑자기 퀴르텐 부소장이 검지를 입술에 대고 메이지 라스푸틴을 조용히 시켰다. 그리고는 무언가를 듣기 위해 귀를 기울이기 시작했다.

"빨리 가지."

"그, 그러세."

그들은 다시 움직였다. 하지만 잠시 쉬었다고 그들의 체력이 온전하게 돌아온 것은 아니었다.

퀘르텐 부소장은 체력이 약한 라스푸틴 메이지를 앞에 세우고 빠르게 움직였다. 그가 뒤에서 재촉을 하니 숨이 턱에 찬 메이지 라스푸틴은 쉬지도 못하고 계속 움직이고 있었다.

다다다닥!

저벅! 저벅!

그때 그들의 귓가로 들려오는 소리가 있었다. 여러 명이 뛰는 발소리였다.

그에 그 둘은 더욱 잰걸음으로 달리기 시작했다. 하지만 그

발자국 소리는 점점 더 가까워지고 있었다. 별로 빨리 걷는 것 같은 느낌도 들지 않는데 순식간에 그들의 모습이 보이는 것이었다.

그에 둘의 모습은 더 다급하게 변했고, 몸은 점점 더 지쳐 가기 시작했다.

"서라!"

"서지 않으면 죽인다!"

뒤에서 외치는 소리가 들려왔다. 퀴르텐 부소장은 뒤를 힐끔 보고 다시 앞을 보았다. 얼마 남지 않았다.

그는 다리가 풀리는 메이지 라스푸틴을 향해 외쳤다.

"빨리 뛰어! 안 그럼 다 죽어!"

"아, 알겠네."

원거리 이동 마법진이 설치되어 있는 석실의 문을 잠근 그들은 죽을힘을 다해 원거리 이동 마법진에 섰다.

땀을 뻘뻘 흘리면서도 그들의 입에는 기쁨의 미소가 떠올라 있었다.

쿵! 쿵!

"문을 부숴!"

"어서! 빨리 빨리!"

쿵! 쿠웅! 콰앙! 우지직!

그때 문이 부서지는 소리가 들려왔다.

다급하게 메이지 라스푸틴이 원거리 이동 마법진을 발현

시키기 위해 스펠을 영창하기 시작했다. 그리고 마침내 스펠이 완성되어 원거리 이동 마법진이 가동하기 시작했을 무렵.

콰앙!

문이 부서져 나갔다. 그리고 카이론이 모습을 드러냈다.

이곳의 정보는 밖으로 흘러가서는 안 된다. 적어도 이곳에서 보고를 올리기 전까지는 말이다. 비록 짧은 시간이나마 그렇게 해서라도 시간을 벌어야만 했다.

그때 문을 부수고 들어오는 카이론을 보며 손을 흔드는 퀴르텐 부소장이었다. 그는 크게 웃었다.

"크하하하! 나중에 다시 보지."

카이론은 언월도를 들어 그대로 집어 던졌다.

창으로 변한 언월도가 퀴르텐 부소장을 향해 쏘아졌다. 그에 퀴르텐 부소장은 부지불식간에 자신의 앞에서 숨을 고르고 있는 메이지 라스푸틴을 잡아당겼다.

"어억!"

그 또한 안심하고 있었다. 그런데 갑자기 퀴르텐 부소장이 잡아당기자 당혹한 소리를 내었다. 그러다 눈을 크게 떴다.

"커허억!"

카이론이 던진 창은 메이지 라스푸틴의 심장을 꿰뚫고, 퀴르텐 부소장의 어깨를 관통한 후 벽에 꽂혔다.

비명을 지른 것은 메이지 라스푸틴이 아니라 퀘르텐 부소장이었다.

메이지 라스푸틴은 이미 절명했기 때문이었다.

"두, 두고 보자!"

그 말을 남기고 사라지는 퀴르텐 부소장.

카이론은 말없이 그를 삼킨 원거리 이동 마법진을 바라보다 손을 벌렸다. 그에 벽에 박혀 있던 그의 창이 뽑혀져 나오더니 그의 손에 잡혔다. 그리고 그는 말없이 위에서 아래로 언월도를 그어 내렸다.

콰직! 콰가가각!

마법진을 완전히 파괴해 버리는 카이론이었다. 잠시 어지러운 폭발이 일어나는 마법진을 바라보던 카이론이 신형을 돌려세웠다.

"가지!"

카이론은 미련 없이 걸음을 옮겼다.

죽이지는 못했지만 그 정도의 부상이면 당분간 회복에 힘써야 할 것이다.

"괜찮겠습니까?"

옆에 있던 키튼이 물었다.

"괜찮지 않으면?"

"예?"

"언제 우리가 완벽했던 때가 있었던가?"

그 말을 남기고 휘적휘적 걸음을 옮겨 버리는 카이론이었다.

그 모습을 보던 키튼은 피식 웃었다. 하기는 완벽했던 적은 한 번도 없었다. 언제나 부족한 상황에서 완벽한 상황을 만들어 냈다.

오면 막으면 된다. 시간? 시간이 많으면 물론 좋다. 하지만 없다고 해서 그냥 주저앉을 수만은 없었다. 적어도 한 달이면 죄수들을 하나로 묶을 수 있다고 보는 키튼이었다.

'우리에게는 유격 훈련이 있잖아?'

한 단체를 하나로 만드는 데는 그보다 더 효과적인 훈련이 없었다. 그것이면 한 달이 아니어도 보름이면 저들을 확실하게 바꿀 수 있었다.

병력은 이제 겨우 5천 명이 조금 넘었다.

본성을 점령하면서 새롭게 3천 정도가 합류해서 만들어진 수가 5천이였다.

사단조차 안 되는 병력. 하지만 얕볼 수는 없었다. 그중 1천 정도는 익스퍼트의 실력자들이었다.

알카트라즈에서 마나 억제 수갑과 족쇄, 그리고 마나 스캐터를 일괄적으로 적용하는 이유가 바로 이들에게 있었다.

이곳에 오는 이들 대부분이 귀족이거나 기사들이고 보면 오히려 그 수가 적다할 수 있었다.

'해볼 만하잖아?'

키튼은 그렇게 생각했다. 또 그렇게 바꿀 수 있다고 생각했다.

카이론이라면 말이다.


＊　　＊　　＊


"커허어억! 우웨에엑!"

원거리 이동 마법진에서 눈부신 빛을 토했다. 그리고 한 명의 사내가 검붉은 핏덩이를 뿜어내며 모습을 드러냈다.

그의 안색은 극히 창백했으며, 살아 있는 것 자체가 의심스러울 정도였다. 그 순간 원거리 이동 마법진을 관리하던 자가 다가와 사내를 부축했다.

"어, 어떻게 된 겁니까? 메이지 라스푸틴은요?"

"허억……! 지, 지금이다! 어서…….'"

그 말까지 내뱉은 후 혼절해 버리는 사내. 그는 다름 아닌 알카트라즈의 부소장인 페테 퀴르텐이었다.

그를 부축한 사내는 이동 마법진 옆에 내려진 굵은 줄을 잡아당긴 후 서둘러 퀴르텐 부소장을 부축했다.

신호를 듣고 마법진이 설치된 장소로 다급히 뛰어온 마법사가 사내에게 물었다.

"무슨 일인가?"

"모, 모르겠습니다. 갑자기 퀴르텐 부소장이 이 꼴을 한 채 마법진 속에서 나타났습니다."

마법사는 퀴르텐 부소장을 살폈다.

"힐! 힐! 힐!"

연거푸 세 번의 힐을 한 마법사는 어서 가보라는 듯이 손짓을 했고, 퀴르텐 부소장을 부축했던 사내는 그를 들쳐 업고 마법진이 설치된 장소를 벗어났다.

그 모습을 잠깐 지켜보던 마법사는 나직하게 한숨을 내쉬고는 마법진을 보았다. 그러다 그의 눈에서 이채가 떠올랐다. 마법진이 이상했던 것이다.

특별 관리 대상인 마법진에 균열이 생겼다. 웬만해서는 균열이 생기지 않은 마법진에 말이다.

"누군가 강력한 힘으로 마법진을 부쉈군. 후우~ 알카트라즈에 대체 무슨 일이 생긴 거지?"

도무지 모르겠다는 듯이 고개를 젓는 마법사였다.


피를 토하고 혼절했던 퀴르텐 부소장은 이틀이 지나서야 서서히 정신을 차리고 있었다.

생명까지 위험한 상황에서 이렇게 일찍 깨어날 수 있었던 건 연속적으로 펼쳐진 힐과 마나를 다루는 기사의 강인한 체력의 영향이 컸다.

하지만 그보다도 그를 빨리 깨어나게 한 것은 역시 그 자신이 맡은 사명감이었다. 더러운 일이지만 자신만이 할 수 있다는 특별한 사명감 말이다.

"끄응!"

그는 힘들게 침대에서 몸을 일으켜 세웠다. 나무 침대가 삐걱거리면서 안달을 했지만 그런 것을 귀담아 둘 그가 아니었다.

먼저 전해야 할 것이 있었기 때문이었다.

그때 녹슨 경첩이 울리며 두 사람이 들어섰다.

끼이이익!

침대에서 몸을 일으켜 세우던 퀴르텐 부소장이 본능적으로 문을 바라보았고, 그는 억지로 몸을 일으켜 기사로서 예를 취하려 했다.

그에 한 명의 사내가 빠르게 다가와 그를 부축했다. 같이 들어 온 사내는 그저 말없이 그 모습을 지켜볼 뿐이었다.

"어떻게 된 건가?"

냉정한 목소리가 퀴르텐 부소장의 귀로 들려왔다. 퀴르텐 부소장은 그에 아랑곳하지 않고 입을 열었다.

"알카트라즈가 그들의 손에 점령당했습니다."

"그들?"

"카이론 에라크루네스와 그를 따르는 죄수들에게 점령당했습니다."

되묻는 물음에 다시 정정해서 답을 하는 퀴르텐 부소장이었다.

"메이지 라스푸틴은?"

"죽… 었습니다. 죄송합니다."

"그렇군."

그 말을 남기고 신형을 돌려서 문을 나서는 사내였다. 퀴르텐 부소장을 부축하고 있던 사내는 퀴르텐 부소장을 다시 침대에 누인 후 손가락을 튕겼다.

"따악!"

그에 문 밖으로부터 기가 막힌 향기가 흘러들어 왔다.

"주군을 너무 원망하지 마시게. 경도 알다시피 주군의 본심은 아닐세."

"알고… 있습니다."

"이건 주군께서 내려주신 음식일세. 부디 쾌유하기 바라네. 빨리 나아야 주군을 위해 일할 것 아닌가?"

"고, 고맙습니다."

"나한테 고마울 건 없지. 다 주군이 하신 일인데."

퀴르텐 부소장을 달래듯이 말을 하는 사내였다. 그는 퀴르텐 부소장의 어깨를 툭툭 친 후 음식을 편히 먹을 수 있게 자리를 비켜줬다.

끼이이익. 탁!

문이 닫혔다. 다시 적막이 감돌았다. 퀴르텐 부소장은 향긋한 냄새가 나는 식사를 바라보았다. 그는 멍하게 식사를 바라보다 이내 이빨을 깨물며 스프를 한 숟가락 떴다.

어쨌거나 부상에서 회복해야 무슨 일이든 할 것이기 때문이었다.

이틀간 먹지 못해서인지 스프가 입을 통해 위 속으로 들어가자마자 극심한 허기가 느껴져 미친 듯이 먹기 시작했다.

고기를 뜯고, 빵을 먹고, 다시 스프를 마시려는 순간이었다.

"커헉!"

갑자기 퀴르텐 부소장은 목을 부여잡았다.

"컥! 컥!"

입속에 들어가 있던 고기가 튀어나오고 눈동자가 찢어질 듯 부릅떠지더니, 실핏줄이 터져 붉은 눈물이 흘러내렸다.

그러다 얼굴이 시뻘게지며 핏줄이 돋아나기 시작하더니 눈과 귀, 코와 입에서 핏물을 게워내며 그대로 식탁 위에 고개를 처박았다.

끼이익.

그때 문을 닫고 나갔던 사내가 다시 문을 열고 들어왔다. 그는 손수건을 꺼내 냄새가 난다는 듯이 코를 막았고, 죽은 퀴르텐 부소장의 코에 손가락을 가져다 대어 보았다.

죽은 것이 확실했다.

그는 슬쩍 메마른 미소를 떠올리며 이내 명령을 내렸다.

"치워라!"

"명!"

몇 명의 병사가 들어와서 식탁과 퀴르텐 부소장을 들고 나갔다.

맨 마지막으로 주변을 한 번 훑어본 사내가 고개를 끄덕이더니 문을 닫았다.


사내는 그곳을 벗어나 걸음을 옮겼다.

얼마나 갔을까, 칙칙하고 허름했던 장소와는 전혀 다른 화려하고 단아한 장소가 모습을 보였다.

곳곳을 지키는 경비병들이 그에게 군례를 취했다. 그는 그 군례를 받는 둥 마는 둥 하며, 마침내 길고 긴 여정을 마무리하듯이 고풍스러운 집무실의 문을 열고 안으로 들어갔다.

"기다리고 있었네."

그가 들어가자마자 들려오는 소리가 있었다. 예의 무표정하게 퀴르텐 부소장을 바라보던 눈동자였다.

집무실 안으로 들어선 사내는 절도 있게 허리를 숙여 예를 표했다.

"앉아 있게. 마저 일을 처리해야 해서 말이네."

"알겠습니다."

적막한 시간이 흘러갔다. 그때 다시 집무실의 문이 열리면서 또 한 명의 사내가 들어왔다. 익히 아는 얼굴. 브라이언 힐데만 백작이었다.

그는 책상에서 업무를 보고 있는 자를 향해 예를 취하고 먼저 와 있던 사내를 흘깃 쳐다보고 앉으면서 말했다.

"답답하지도 않나? 얼굴에 또 다른 얼굴 가죽이라니……."

"좀 어색하기는 하군. 표정을 지을 수 없으니… 이거야 원."

그러면서 목 밑을 툭툭 치더니 모자를 벗듯이 한꺼번에 들어 올리는 사내였다. 그리고 드러나는 그의 얼굴은 루 페르그노 백작이었다.

"후우~"

그는 시원하다는 듯이 한숨을 내쉬며 얼굴에 붙어 있는 무언가를 떼어 냈다.

페르그노 백작이 가면을 벗어던지자 책상에서 일을 하고 있던 자 역시 가면을 벗어던졌다. 그의 드러난 얼굴은 플렉스르위스 공작이었다.

"이건 다 좋은데 너무 답답하군. 두 번할 짓은 못돼."

그러면서도 히죽 웃는 르위스 공작이었다. 그런 그의 행동에 힐데만 백작은 나직하게 헛기침을 했다.

"크흐음!"

"다 됐군."

그 말을 하며 펜을 놓고 그 둘이 앉아 있는 곳으로 다가온 르위스 공작은 예의 담담한 표정으로 물었다.

"어떻게 해야 겠나?"

"다시 수복해야 합니다."

"역시 그렇지?"

"그렇습니다."

르위스 공작과 페르그노 백작이 말을 주고받았다. 그들은 지금 무언가를 획책하고 있음이 분명했다. 그것도 아주 위험한 일을 말이다.

"그럼 어디서부터 시작할까?"

"국왕파를 먼저 밀어내시는 것이 순서입니다."

페르그노 백작의 말에 고개를 주억거리는 르위스 공작. 이미 정해진 경로였다.

"그 선봉에 3왕자 전하이신 시그리드 르위스 카테이누스께서 계셔야겠지."

"이미 이 왕국의 국왕은 늙고 병들었습니다. 바꿀 때가 된 것입니다."

"좋군."

기분 좋게 말을 한 르위스 공작의 시선이 다시 힐데만 백작에게로 향했다.

"준비 상황은 어떤가?"

"완벽합니다."

힐데만 백작의 그 한마디면 되었다. 그 이상도 이하도 필요 없었다.

"좋군. 나는 이 시간부로 왕궁으로 들겠네."

"소작은 내부 단속을 하도록 하겠습니다."

"소작은 체스터 백작을 만나야 할 듯합니다."

"그래. 그래야겠지."

말을 내뱉음과 동시에 르위스 공작은 자리에서 일어났고, 힐데만 백작과 페르그노 백작 역시 자리에서 일어났다.

두 백작은 르위스 공작의 뒤를 따르며 공작의 집무실을 벗어났다.

*　　　*　　　*

"알카트라즈에 변고가 생겼다고 하더군."

"그렇… 습니까?"

체스터 백작의 말에 카플루스 자작의 입꼬리가 살짝 흔들렸다. 체스터 백작의 시선이 그에게로 향했다. 하지만 카플루스 자작의 얼굴은 여전히 무표정했다.

도대체 어떤 생각을 하는지 알 수 없을 정도로 말이다.

"위험해질 수 있네."

"그렇군요."

그저 담담하게 변죽만 올리는 카플루스 자작이었다.

그런 카플루스 자작의 태도에 체스터 백작의 눈가가 잘게 떨렸다. 자존심이 상한 것이었다.

과거의 카플루스 자작이 아니었다. 이제는 자신조차도 카플루스 자작의 심정을 읽을 수가 없었다.

"토벌이 시작된다면 자네가 나섰으면 좋겠군."

"알겠습니다."

"나가 보게."

"그럼."

카플루스 자작은 가볍게 목례를 올리고 돌아섰다. 돌아선 그의 얼굴에는 슬며시 미소가 떠올랐다.

'약속을 지켰군. 이제는 내가 약속을 지켜야 할 때이겠지.'

그는 묵묵히 체스터 백작의 집무실을 벗어났다.

탁!

가벼운 소리를 내며 집무실의 문이 닫혔다. 그 모습을 끝까지 지켜본 체스터 백작.

꾸깃!

책상 위에 놓인 종이를 거칠게 움켜쥐는 체스터 백작의 손이었다.

"으음. 카이론 에라크루네스. 기어이……."

탁!

그 말과 함께 책상을 두 손으로 친 후 자리를 박차고 일어나는 체스터 백작이었다. 그것을 곁에서 말없이 지켜보고 있는 칼리시니코프 중령.

그는 체스터 백작이 1군 사령관으로 부임할 때 전속 부관으로 그를 따라갔는데, 소령에서 중령으로 진급한 상태였다.

체스터 백작의 얼굴은 차갑게 굳어졌다. 자신이 버린 패가 비수가 되어 돌아오고 있었다. 그는 알카트라즈의 위험성을 너무나도 잘 알고 있었다.

다른 이들은 정적을 제거하기 위한 곳으로 치부하고 있지만, 그러한 그들이 카이론 에라크루네스의 수족이 된다면 그것은 상상할 수조차 없을 거대한 바람이 될 것이다.

물론, 그렇게 되기 위해서는 마나 스캐터를 해약해야만 했다. 또한 폭동으로 살아남은 죄수들을 통제해야 하고 말이다.

그러자면 시간이 필요했다. 그리고 그 시간을 주지 않는 것이 이번 토벌대가 가장 중점을 둬야 할 사항일 것이다.

"그가… 내 말을 따를 것 같은가?"

"어렵지 않을까 합니다. 그는 그를 버릴 때 가장 극렬하게 반대한 이가 바로 그였으니 말입니다."

"그를 보내는 것이 맞는 것이겠지?"

"그에 대한 마지막 시험이라 할 수 있을 것 같습니다."

"마지막 시험이라……."

말을 흐리는 체스터 백작이었다. 과거에는 무슨 일을 하든지 자신이 있었다. 하지만 최근 들어 그런 자신감이 많이 줄어들고 있었다. 자신의 결정이 과연 맞는 것인지 맞지 않는 것인지 헷갈렸다.

그래서 요즘 들어 칼라시니코프 중령의 의견을 수시로 구했다. 마치 스스로에 대한 결정에 대해 확신을 가지기 위해 위로하듯이 말이다.

이런 자신이 싫었지만 유난히도 카이론 에라크루네스에 관한 일이라면 자신이 없어지는 체스터 백작이었다.

"아무래도 그 혼자 보내기에는 좀 그렇군."

"하면⋯⋯."

"그의 부관으로 스팅 남작을 보내면 좋겠군."

"스팅… 남작입니까?"

"그래."

"알겠습니다."

가볍고 절도 있는 동작으로 군례를 올린 칼라시니코프 중령이 집무실을 벗어났다. 체스터 백작은 그를 바라보지도 않고 여전히 창문 밖을 바라봤다.

아직 토벌군의 투입이 정해지지도 않은 상황에서 그가 이리 서두르는 것은 얼마 전 자신을 찾아온 페르그노 백작 때문이었다.

귀족파의 지낭인 그와 중도파의 지낭이라 자처하는 자신이 만났다. 페르그노 백작에게 알카트라즈의 사건을 들었고, 본능적으로 결코 간단하게 끝날 것이라는 생각이 들지 않았다.

그리고 체스터 백작 또한 느낄 수 있었다. 귀족파에서 무언가를 획책하고 있다는 것을 말이다.

스팅 남작에게 내린 임무는 명분상 카플루스 자작을 감시하고 견제하라는 것이지만, 진정한 임무는 귀족파가 획책하는 것을 알아내는 것이었다.

아마도 스팅 남작은 체스터 백작의 그런 의도를 충분히 파악하고 있으리라.

다른 이들에게 비친 스팅 남작은 과격하고 즉흥적인 사람일지 모르나, 체스터 백작이 알고 있는 스팅 남작은 이름 그대로 보이지 않은 곳에서 누구도 모르게 다가와 독침을 날리고 가는 살인자였다.

"만약을 위해 덫을 하나 더 설치해야 하나?"

창밖을 내려다보는 체스터 백작의 눈동자는 심유하게 젖어들었고, 그의 고민은 더욱더 깊어져만 갔다.


             *         *    ˙    *


"알카트라즈가?"

"그렇습니다."

왕성의 한곳에서 네 명의 인물이 모여 있었다.

국왕파의 실질적인 수장인 로이먼 히스 후작과 그의 지낭인 이신바예 로마노프 백작, 그리고 카테인 왕국의 재상으로 있는 앤드루 마샬 후작과 수도방위 사령관인 마르틴 하이데거였다.

그중 재상인 앤드루 마샬 후작의 얼굴은 딱딱하게 굳어져 있었다. 로마노프 백작은 그러한 마샬 후작을 슬쩍 본 후 담담하게 입을 열었다.

"이미 귀족파와 중도파의 특사가 다녀갔습니다. 귀족 대회의를 열자고 하더군요."

"토벌군이 투입되겠군."

"아마도……."

"하나로 모이기는 어렵고, 삼 군으로 나눠야 할 것 같군."

대화는 주로 로마노프 백작과 마샬 후작이 나눴다.

"그렇습니다."

"괜찮군."

"누구를 보내실 요량이십니까?"

"자네 생각은 어떤가?"

로마노프 백작의 물음에 마샬 후작이 되물었다.

"아마도 귀족파나 중도파는 어떤 노림수를 가지고 있을 것입니다. 특히 최근 귀족파의 동향이 심상찮습니다. 알카트라즈를 빌미로 분명 어떤 행동을 취할 것이라 예상됩니다."

"그 예상이라는 것. 혹시……."

하이데거 사령관이 의견을 제시했다. 그에 로마노프 백작은 무겁게 고개를 끄덕였다. 하이데거 사령관은 자신의 예상이 맞았음에 얼굴을 딱딱하게 굳혔다.

"허~ 바이큰 족과의 휴전이 성립 된지 얼마나 되었다고."

"그러하기에 가장 호기가 되는 것입니다. 시간이 길어지면 굳어질 것이고 그러자면 세력이 더욱더 견고하고 팽팽하게 대립할 것입니다. 그들의 입장에서는 기회가 없어지는 것입니다."

"그렇군. 딱 알맞은 순간에 알카트라즈에서 변고가 생긴 것이로군."

"그렇습니다."

"이런 일에는 그나이우스 폼페이우스 자작이 적격이지요."

"그라면……."

마샬 후작의 말에 다들 인정한다는 듯이 고개를 끄덕였다.

평민 출신으로 바이큰 족과의 전투에서 혁혁한 전공을 세워 자작의 작위까지 오른 자. 평민의 한계를 뛰어 넘은 자. 그가 살아남을 수 있는 이유는 그는 오로지 군인으로서 살아왔기 때문이다.

귀족들과 정쟁을 하거나 혹은 사교계로 진출하지 않았다. 그의 가족 모두 그러했다.

오로지 국왕에 대한 충성, 그것 하나뿐인 자.

그리고 모든 이가 그를 인정하나 여전히 주류 귀족에 편입되지 못한 자.

"말을 맞췄으니 대회의 때 보도록 하지."

"알겠습니다."

*　　　*　　　*

　고요하던 카테인 왕국에 폭풍이 불어닥쳤다. 백 년 이상을 끌어오던 바이큰 족과의 휴전이 성립된 지 불과 몇 달이었다. 그런데 그 몇 달 만에 다시 카테인 왕국이 시끌시끌해지고 있었다.

　그것은 다름 아닌 절대의 감옥, 불귀의 감옥이라 일컬어지는 알카트라즈가 죄수들에게 점령당했다는 것이었다.

　그에 귀족들은 연일 알카트라즈에 군대를 보내 폭도들을 몰살시켜야만 한다고 성토하기 시작했다.

　"토벌대를 보내야 하오. 이번 기회에 확실하게 본보기를 보여야 합니다. 더럽고 천한 놈들에게 경각심을 심어줘야 합니다."

　국왕파에 속한 제레미아 팀버레이크 자작이 언성을 높이며 첫 포문을 열었다.

　"그렇소. 절대 묵과할 수 없는 일이외다. 이것은 감히 비천한 놈들이 존귀하신 카테인 국왕 전하와 여기 대회의에 참여한 모든 귀족을 손가락질하는 것과 다르지 않소. 반드시 일벌백계를 해야 할 것이오."

팀버레이크 자작의 말을 받아 중도파의 저스틴 라이트 백작이 굵직하고 불쾌한 음성을 토해냈다.

"이 셰마의 자작, 마이클 브라운은 보병 1천을 내겠소."

다혈질처럼 보이는 귀족파의 브라운 자작이 병력을 내겠다고 했다. 그러자 또 다른 한 귀족이 입을 열었다.

"본 백작 역시 보병 1천과 기사 오십을 내겠소."

그는 귀족파의 무력이라 할 수 있는 브라이언 힐데만 백작이었다. 백작이라고 해서 다 같은 백작이 아니었다.

힐데만 백작은 귀족파의 무력이었다. 그러한 이가 병사와 기사를 낸다 했으니 그의 말 한마디의 무게는 상당한 것이었다.

그렇게 여기저기서 중구난방으로 병력을 보내고 기사를 보내며, 식량을 제공하고 마법사를 동원하겠다는 말이 튀어나왔다.

그러한 모습을 재상인 마샬 후작은 조용히 바라봤다. 여기 있는 자들 중 직간접적으로 알카트라즈의 죄수들과 관련이 없는 자가 없었다.

자신 또한 알카트라즈로부터 자유로울 수 없었다. 이들은 신경 쓰지 않고 있지만… 아니, 잊고 있겠지만 알카트라즈에는 이들 모두가 합심해서 지워낸 현자의 탑 수장이 존재했다.

하나 마샬 후작은 잊지 않고 있었다. 그것은 페르그노 백작이나 체스터 백작 역시 다르지 않았다.

어느 순간 세 명의 시선이 부딪혔다. 그들은 알 수 있었다. 이것은 어쩌면 기회란 걸 말이다.

"조용! 조용!"

재상인 마샬 후작이 입을 열어 외치자 속된 말로 시장통 같던 대회의실이 조용해졌다.

카테인 왕국의 재상이라면 그가 내뱉는 말의 힘은 국왕을 제외하고는 가장 커다란 영향력을 가진다 할 수 있었다.

그러하기에 이 대귀족회의에 참여한 모든 이들의 시선이 재상인 마샬 후작에게로 향했다.

"모든 귀족의 의견이 일치한 바, 결정을 내리겠소. 알카트라즈의 폭도들을 토벌하기 위해 토벌군을 구성할 것이오. 토벌군은 총 3군으로 형성 될 것이며, 1군의 사령관은 그나이우스 폼페이우스 자작, 2군의 사령관은 도미티우스 코르블로 자작, 3군의 사령관은 마르탄 카플루스 자작을 임명할 것이오."

재상의 말에 다들 고개를 끄덕였다. 그들도 타당하다 여겼기 때문이었다.

현실적으로 토벌군을 한데 묶어 운용한다는 것은 어려운 일이었다. 그에 각 군 사령관 역시 파별로 나눠졌는데 1군 사령관은 국왕파, 2군 사령관은 귀족파, 3군 사령관은 중도파의 인물들이었다.

그렇게 대략적인 머리가 정해지자 병력과 물자를 모으는 것은 어렵지 않았다.

 일사천리로 병력이 재편되었고, 재상인 마샬 후작은 르위스 공작과 히스 후작, 그리고 유린 후작을 대동하여 대귀족회의에서 결정된 바를 아뢰었다.

 "각 군은 병사 7천에 기사 2백으로 구성되었으며, 1군 사령관으로는 그나이우스 폼페우스 자작, 선봉은 길버트 게르베르 남작입니다. 2군 사령관은 도미티우스 코르블로 자작이며 선봉은 티아고 산체스 남작입니다. 그리고 3군 사령관은 마르탄 카플루스 자작으로 선봉은 아이작 스팅 남작입니다."

 병력에 대한 사항을 고하자 카테인 국왕은 그저 고개를 끄덕일 뿐이었다.

 "이하 3개 군, 2만 1천 명의 정예병과 기사 6백 명은 영명하신 국왕 전하의 명을 영광스럽게 수행할 준비를 마쳤습니다."

 "모든 것을 윤허하노라. 부디 좋은 소식이 전해지기를 바라노라."

 "모든 것은 국왕 전하의 뜻대로 이루어질 것입니다."

*　　　*　　　*

사실 겨우 폭도로 변한 죄수들을 토벌하기 위해 2만이 넘는 인원을 동원한다는 것 자체가 우스운 일이었다. 하지만 하지 않을 수 없었다.

이것은 분명 토벌이지만 그 내면에는 세력의 과시도 포함되어 있으니 말이다.

또한 그 내면으로 더욱더 깊이 파고들면, 자신들을 오랫동안 괴롭혔던 치부를 완전히 제거하는 것이고 승전이 예약된 토벌이었으니⋯ 오히려 참여하지 못한 귀족들이 불만을 토로할 정도였다.

하지만 모두가 토벌 전에 참여할 수는 없는 법. 그래서 균등하게 기회를 제공했고, 그 인원이 바로 2만이 넘는 병사들과 6백 명에 이르는 기사였다.

하지만 그렇게 한다고 해서 모든 것이 끝난 것은 아니었다.

병력이 모이고, 군수 물자를 준비하고, 병력을 나누고, 군수 물자를 나누는데 두 달이라는 오랜 시간이 흘렀다.

결국 토벌대눈 최초 대귀족회의가 소집된 이후 두 달 보름이라는 시간이 지나서야 출발할 수 있었다.

정규군을 소집해서 토벌군을 조성한 것이 아닌, 귀족의 영지군을 소집해 토벌군을 조성한 것이기에 어쩌면 두 달 보름이라는 시간은 그리 긴 시간이 아닐지도 몰랐다.

그리고 그러한 소식은 알카트라즈에도 전해졌다.

"토벌군이 출발했다고 합니다."

"좋군."

"어떻게 하시겠습니까?"

"내일부로 훈련을 종료하고 이틀 동안 휴식을 취한다."

"명!"

라마나가 카이론의 명을 받은 후 그의 집무실을 벗어났다. 카이론은 말없이 라마나가 사라진 곳을 바라보다 서서히 자리에서 일어났다.

# 제2장

합류

예니체리의 움직임은 신속했다. 중대장 이상 모든 지휘관과 참모들이 전략회의에 참여했다.

예니체리 사단의 정보참모로 임명된 라마나는 침착하게 아군과 적군에 대한 정보를 나열하기 시작했다.

"아군은 2개 연대 총 5,627명입니다. 지휘관으로는 1연대장 불카투스 바엘가르, 부연대장 렉사르 브리틴, 작전참모 아서 W. 웰링턴, 2연대장 니콜라이 야코블레비치, 부연대장 마그누스 막시무스, 작전참모 앨런 튜링입니다."

잠시 말을 끊은 그는 다시 입을 열기 시작했다. 모든 지휘관과 참모의 눈동자는 그를 향하고 있었다.

"사령관으로는 이미 주지하다시피 카이론 에라쿠르네스, 정보참모는 라마나 마하리쉬, 작전참모 스키피오 아프리카누스, 호위대장은 키튼 알카트라즈입니다."

키튼에게 성이 붙었다. 이것은 예니체리 사단의 모든 이들에게 적용된 사항이었다.

스스로 성을 짓든, 아니면 누군가가 작명해 주든 모두가 성을 사용했다. 예니체리 사단에는 계급이 있을 뿐 귀족이나 혹은 기사의 신분이 없었다.

그들 모두는 전우일 뿐이었다. 처음 반발이 심했다. 왜냐하면 아무리 죄수라 할지라도 신분은 결코 무시할 수 없었기 때문이었다.

그러나 카이론은 단 한마디로 그들의 불만을 묵살했다.


"전우 이외에는 없다. 또한 귀관들은 여전히 죄수이다. 나 또한 죄수이다. 부정하고 싶은가? 인정하지 못하겠다면 떠나라. 나에게는 전우가 필요한 것이지 귀족과 기사가 필요한 것이 아니다."


카이론의 일갈에 그 누구고 입을 열지 않았다. 그들은 귀족도 기사도 아니었다. 단지 죄수일 뿐.

그들에게는 적과 싸울 때 등 뒤를 맡길 수 있는 전우만이 필요했다.

그 일환으로 성이 없는 자는 성을 만들었다. 그리고 함께 훈련했다. 육체적으로, 정신적으로 완벽하게 하나가 될 정도로. 체조 같지도 않은 유격 체조를 통해서 말이다.

그리고 그들은 예니체리라는 이름 아래 뭉쳤다.

"다음은 예상되는 토벌군의 상황입니다."

약간의 웅성임이 있었다. 아군의 전력은 모두 알고 있다. 하지만 전투에 있어서 가장 중요한 것은 역시 적군의 동태 및 병력 상황이라고 할 수 있었다.

"토벌군 총병력은 2만여 명, 1군 사령관은 그나이우스 폼페이우스 자작이 될 가능성이 높습니다."

1군 사령관의 이름이 흘러나오자 몇몇이 탄성을 질렀다.

그나이우스 폼페이우스. 평민이었던 자.

전장보다 더 가혹한 신분적인 잣대가 적용되는 정치판에서도 오로지 군인으로서 살아남은 자.

그는 비운의 명장이었다. 만약 그가 귀족이었다면 자작이 아니라 백작의 자리에 올라 군단장의 직책을 수행할 만한 자였다.

"2군 사령관은 도미티우스 코르블로 자작, 3군 사령관은 마르탄 카플루스 자작이며 구성은 각 군이 모두 비슷할 것으로 판단됩니다."

2군 사단장 역시 명장이었다. 그는 몰락한 남작 가문의 서자로서 바이큰 족과의 전쟁을 통해 가문을 부흥시켜 자작에까지 이른 자였다.

1군 사단장이 전형적인 군인이라면 그는 이미 정계에 발을 들여 놓은 귀족이었다.

하지만 분명한 것은 그는 바이큰 족과의 전투에서 한 번도 진 적 없는 명장이라는 사실이었다. 때로는 타협하고 때로는 과감하게 나가며 능수능란한 전술을 이끌어내는 모사가이자 장군이었다.

그리고 마지막 3군 사단장인 마르탄 카플루스 자작. 두말 할 것도 없었다. 그는 카이론과 그를 따르는 다섯 명의 인물이 너무나도 잘 알고 있는 인물이니까.

다만, 선봉이 문제일 뿐.

"근거는?"

짤막한 카이론의 질문. 하지만 이것은 핵심이었다. 모두가 궁금해하고 있는 상황이니까. 그리고 라마나는 마치 그런 질문을 예상이라도 했다는 듯이 입을 열었다.

"현재 이 왕국이 세 개의 파벌로 나눠져 있다는 것은 모두 아실 것입니다. 사령관님과 제가 이곳으로 들어오는 시점이 그 세 파벌의 대립이 정점에 이른 시점이었고, 알카트라즈의 폭동이 그 정점에 이른 대립의 도화선이 되었습니다."

라마나는 잠시 말을 끊었다. 약간 목이 타는지 자신의 앞에 있던 물을 한 잔 마신 후 다시 자신의 생각을 풀어놓기 시작했다.

"당연히 그들은 알카트라즈의 폭동을 계기로 병력을 일으킬 것이고, 병력을 일으킴과 동시에 자신들의 의도를 감추기 위해, 혹은 목에 가시와 같은 존재를 제거하기 위해 움직일 것입니다. 앞서 말한 세 사령관은 훌륭하지만 신분이나 전력 면에서 각 파벌에서 상당히 껄끄러워하는 인물들입니다."

라마나의 설명에 최근 5~6년 내에 이곳에 들어온 죄수들은 고개를 끄덕였다.

그들도 알고 있었다. 3군 사령관을 제외하고는 모두 평민 출신 명장이라는 것을 말이다. 신분의 벽이란 것은 결코 공을 세웠다 해서 허물어지는 것이 아님을 너무나도 잘 알고 있었다.

"성공하면 당연시하고 실패하면 그 죄를 물어 여타 귀족들을 다독입니다. 그들은 이 일을 계기로 마침내 자신들의 야욕을 드러낼 것입니다. 병력을 모을 수 있는 가장 좋은 호기이기 때문입니다."

이해했다. 하지만 군사는……

"각 병력을 예상하기가 가장 어려웠지만 의외로 어렵지 않게 해결될 수 있었습니다. 바로 사령관님께서 들어오시기 전 맺었던 인연이 아직 계속되고 있기 때문입니다."

다른 이들은 그 말에 약간의 의문을 떠올렸지만 카이론과 함께한 이들은 알 수 있었다. 그 인연자가 누구인지를 말이다.

카이론은 고개를 끄덕였다. 라마나는 이 외진 곳에서 정보를 알아내기 위해 총력을 다했다.

그리고 그러한 노력은 비로소 지금 빛을 발하고 있는 것이었고 말이다. 라마나의 그러한 설명에 지휘관 회의에 참석한 모든 이들은 고개를 끄덕여 수긍했다.

그에 라마나는 침착하게 다시 자신만의 예상을 털어놓았다.

"1군 예상 진출로는 애번데일, 캐어프리, 챈들러, 글렌데일을 통해 템페로 진출할 것으로 판단되며, 2군은 프레스콘, 치노벨리, 코튼우드, 제롬을 통해 세도나로 향할 것으로 예상됩니다. 3군은 플로렌스, 헬파정션, 카사그란데와 힐라 강을 건너 일로이로 집결할 것으로 판단됩니다."

작전 회의에 참여한 지휘관들은 생각보다 상세한 마그나의 설명에 고개를 끄덕일 수밖에 없었다.

그가 예상한 이동 경로는 각 군을 형성하는 파벌의 거점에서 출발하는 것이기 때문에 타당성이 있었다.

"1군은 글렌데일에서 요격하는 것이 좋겠습니다."

"2군은 코튼우드가 적당할 것 같군요."

"3군은 힐라 강 즈음에서 요격하는 것이 적당할 것입니다."

여기저기에서 의견이 제시되고 있었다. 여기 있는 이들은 카테인 왕국 전역에서 살았던 사람들이다.

지형지물에서라면 현지인과 다르지 않을 정도로 정통한 자들이었다. 그러하기에 적을 요격할 수 있는 적절한 지점을 단번에 파악할 수 있었다.

물론 알카트라즈에는 카테인 왕국 출신만 있는 것은 절대 아니다. 하지만 다수가 카테인 왕국 출신인 것은 확실했다.

4개국 공동 관리라고는 하지만 알카트라즈는 본시 카테인 왕국 영토에 속해 있었기 때문이다.

그리고 카테인 왕국의 죄수 외에 다른 이들은 자신들의 처지를 확실하게 인지하고 있었다. 돌아간다 해도 자신들이 어쩔 수 있는 것은 아무것도 없다는 것을 말이다.

그러하기에 그들은 속마음이야 어떻든 간에 자중하며 현재의 상황에 순응하고 있었다.

지금 당장에는 말이다.

"그것은 저들도 알고 있지 않을까 합니다. 제가 알기로 적의 사령관들은 결코 만만한 이들이 아니니 말입니다."

그에 다시 회의실은 조용해졌다. 그런 그들을 보며 조용히 웃는 라마나였다.

"우리는 본성을 비우고 전력을 투사합니다."

그 방법이 최선이었다. 전체 병력이 5,627명. 토벌군 한 개 군보다 작은 병력이었다.

수성한다면 버틸 수는 있겠지만 결코 이곳 알카트라즈를 벗어날 수 없을 것이다. 결국 수성한다면 고사할 수밖에 없다는 말이 되었다.

토벌군은 계속 충원될 것이고, 자신들은 계속 소모할 것이기 때문이었다. 하지만 성을 버리고 각개 격파한다면 충분히 가능성이 있었다. 병력도 엇비슷하고 오히려 익스퍼트의 수에 있어서 압도하고 있으니까 말이다.

"어디서부터 시작할 것인가?"

바엘가르 1연대장의 물음이었다.

카테인 왕국군이나 귀족들에게 가장 적대적인 자. 그리고 카이론을 제외하고 그를 제어할 수 있는 어떤 수단조차 없는 자. 하지만 그는 어리석지 않았다.

"이곳입니다."

라마나가 가리킨 곳은 3군 중도파의 병력이었다.

"선봉을 전멸시키고, 항복을 받아냅니다."

"항복하겠습니까?"

"항복이 없다면 포로 역시 없습니다. 우리에게는 아직 포로를 먹일 식량도, 영지도 아무것도 없으니 말입니다."

야코블레비치 2연대장의 말에 간단하게 답을 하는 라마나였다.

그랬다. 포로를 건사할 병력조차 없는 것이 현실이다. 그들이 모두 회유되지 않는다면 죽여야만 했다. 잔인하지만 그것이 살아남을 수 있는 현실이었다.

"그럼 저들의 진격 속도가 빨라지겠군요."

"다급해지면 허점이 생기게 마련입니다. 더군다나 그들은 귀족들의 연합 병력. 결코 수족과 같이 움직이기 힘들 것입니다. 아무리 명장이라 할지라도 부대를 장악하지 못한다면 더 이상 무서워할 이유가 없지요."

앨런 튜링 2연대 작전참모의 물음에 역시 차분하게 답을 하는 라마나였다.

"아군의 작전 개요는 어떻게 됩니까?"

"그것은 제가 말씀드리지요."

지금껏 조용하게 자리를 차지하고 있는 스키피오가 입을 열었다. 그에 라마나는 살짝 그에게 고개를 숙이고 자리에 앉았다.

라마나는 정보참모, 그는 작전참모. 이제는 그가 나서야 할 때였다.

"3군 토벌대의 사단장인 마르탄 카플루스 자작은 용의주도한 자이나, 그 선봉에 선 아이작 스팅 남작은 상당한 다혈질이라 알려진 자입니다."

수십 년간 알카트라즈에 있었음에도 불구하고 스키피오 아프리카누스는 적의 선봉 연대장에 대해서 파악하고 있었다. 지휘관들은 과연이라는 듯이 고개를 끄덕였다.

여기 있는 자들 중 그가 과거 현자의 탑 탑주인 것을 모르는 이는 없으니까 말이다.

"또한 그는 1군 사령관 체스터 백작의 측근입니다. 아마도 자신의 사위인 마르탄 카플루스 자작을 믿지 못해서 감시 역할로 보낸 것이 틀림없습니다."

　그렇게 말하면서 카이론을 흘깃 보는 스키피오였다. 그만이 아니었다. 어느새 그의 사정을 알고 있는 모든 이가 카이론을 흘깃거렸지만 여전히 무표정하게 자리를 지키고 있는 카이론이었다.

　"내 말을 듣고 싶나?"

　"그것은… 아닙니다."

　스키피오의 말에 카이론은 주변을 훑었다. 그리고 입을 열었다.

　아니라고는 하지만 그들은 궁금해하고 있었다. 이미 카이론과 카플루스 자작 간의 상황을 알고 있는 이들이었다. 본인이 말하지 않는다고 해서 모르는 것은 아니다.

　다만, 왜곡될 뿐.

　"그가 맞선다면 적일 뿐."

　카이론은 간단하게 말을 내뱉었다. 참으로 카이론다운 답이었다. 그는 카플루스 자작을 살려주고 그가 스스로 설 수 있도록 해준 결정적인 사람이었다. 하지만 그는 그것을 빌미로 휘둘리지 않았다.

　그의 답은 묘하게 사람의 마음을 울렸다. 스키피오는 슬쩍 입꼬리를 말아 올린 후 떠올릴 때보다 더 빨리 지워냈다. 그리고 다시 자신의 작전 개요를 이어갔다.

"우리는 3군의 선봉인 아이작 스팅 남작을 카스그란데에서 잡습니다. 1연대 렉사르 브리틴 부연대장이 그를 맞아 힐리 강까지 유인하여 반전합니다. 그리고 바엘가르 1연대장과 만슈타인 2대대장, 주코프 3대대장이 포위해 옥쇄시킵니다. 그 시각, 사단장님은 3군 사령관인 카플루스 자작을 만나 담판을 지어야 합니다."

"위험하지 않겠습니까?"

2연대 작전참모인 앨런 튜링이 걱정스럽게 물었다.

사방을 포위해 선봉을 옥쇄시키는 것은 쉬운 일은 아니나 가능한 일이었다. 다만 아군의 피해를 얼마나 줄일 수 있느냐가 관건이었다.

하지만 병력 5천과 기사 150이 버티는 적진 속으로 홀로 들어가야 하는 일은 다른 문제였다.

"위험하지 않은 전투가 있던가?"

"하나……."

카이론이 입을 열었다.

"나는 언제나 가장 앞에서 가장 많은 피를 흘릴 것이다."

"……."

그 말로 끝이었다. 카이론은 입을 열지 않았고, 그 누구도 반문하지 않았다.

대신 그들의 걱정이 사라진 자리에는 굳은 신념만이 자리할 뿐이었다.

"사단장님께서 담판을 짓는 동안 2연대는 3군을 포위합니다."

누가 들으면 미쳤다고 코웃음 칠 말이었다. 하지만 여기 있는 이들은 아무렇지도 않다는 듯이 소수가 다수를 포위하다는 것이 당연하다는 듯한 표정을 지어보였다.

"재미있겠군."

대신 바엘가르의 묵직한 음성이 대회의실을 울렸다. 그의 얼굴에는 가는 미소가 걸려 있었다. 만족한 웃음이었다. 자신이 따르는 자가 이 정도 배포는 되어야 한다는 듯이 말이다.

그 모습은 마치 거대한 석상이 웃음 짓는 위압감이 깃들어 있었다.

"역시 불카투스가 뭘 아는군."

그의 말에 키튼이 답을 했다. 키튼에게는 불카투스가 백 년을 살았든 천 년을 살았든 전우이자 동료일 뿐이었다.

불카투스의 압도적인 체구에서 흘러나오는 거대한 위압감은 그 누구의 접근도 쉽게 허용하지 않았다.

하지만 키튼은 그를 스스럼없이 대했다. 그는 자신의 성을 지을 때 불카투스에게 물었다.

불카투스는 아무런 생각 없이 '알카트라즈'라는 말을 했고, 그것이 그대로 키튼의 성이 되었다. 불카투스가 물었다.

"왜 그랬나?"

"뭐가?"

"왜 알카트라즈를 성으로 정했나?"

"그렇게 하라며?"

"정녕 그것이 이유인가?"

키튼은 이유를 묻는 불카투스를 바라봤다. 그리고 입을 열었다.

"기억하기 위해서. 한 사람은 이곳을 기억해야 할 것 같아서."

"그렇군. 너는 나의 친구가 될 자격이 있다."

"든직한 친구가 생겨서 좋군."

이후 둘도 없는 친구 사이가 된 그들. 친구가 됨에 있어 나이나 연륜, 혹은 직위 따위는 필요 없었다. 마음을 서로를 이해할 수 있느냐가 중요할 뿐.

그리고 그들을 바라보는 이들은 왠지 모르게 적응이 안 되는 모습이었다.

어른과 아이가 친구하는 것 같은 모습 때문일 수도 있었고, 너무나도 압도적인 불카투스의 모습과 유사인간이라는 점 때문일지도 몰랐다.

그들은 아직 몰랐다.

불카투스는 다른 것일 뿐 틀린 것이 아니라는 것을 말이다. 같지 않을 뿐 옳고 그름으로 잴 수 있는 상대가 아닌 것을 말이다.

하지만 그럼에도 그들은 자신도 모르는 사이 어느새 그런 불카투스의 모습에 서서히 적응해 가고 있었다.

지옥 같은 훈련은 월등한 체력과 압도적인 무력의 그조차도 동료로 인식하게 만들었던 것이다.

"나는 사단장님을 믿습니다. 그럴 리는 없지만 설사 사단장님이 섶을 지고 불 속으로 뛰어들라 해도 나는 뛰어들 것입니다. 왜냐하면 사단장님은 나에게 기회를 줬기 때문입니다. 새롭게 살아갈 용기와 기회를 말입니다."

"불가능이었다면 이 알카트라즈는 점령조차도 못했을 겁니다."

키튼을 뒤이어 엔그로스가 입을 열었다.

그에게 있어 카이론 에라크루네스에게는 불가능이란 없다. 설사 실패한다 해도 도전한다. 그것이 그가 아는 카이론 에라크루네스였다.

그리고 그런 카이론 에라크루네스가 다시 불가능에 도전하고 있었다. 고작 5,600명으로 폭풍을 일으키고 있었다.

"뭐, 사단장님을 믿고 말 것도 없지. 어차피 우린 죄수니까."

2연대 부여단장 마그누스 막시무스의 말이었다. 그것이 결정적이었을까. 다들 고개를 끄덕이며 눈이 반짝였다.

"그리고……."

다시 말을 늘리는 스키피오였다. 다시 모두의 시선이 그에게로 향했다.

"1군과 2군에 서신을 전할 사람이 필요합니다."

그들은 왕국의 입장에서 보면 폭도에 불과했다. 때에 따라서는 목숨을 잃을 수도 있음이었다.

그때 한 명이 손을 들었다.

폴린 노르딘.

알카트라즈에서 살아남은 유일한 여인. 그리고 그녀와 비슷한 속도로 손을 드는 자가 있으니 바로 키튼이었다.

순간 둘의 시선이 교차했다. 키튼과 폴린의 입에서 살풋 미세한 미소가 떠올랐다.

"2군으로 가지요."

키튼이 입을 열었다. 폴린은 고개를 살짝 끄덕이며 입을 열었다.

"1군에 가겠습니다."

"곧바로 준비하셔야 할 겁니다."

"그러지요."

말과 함께 키튼과 폴린이 일어났고, 그들과 함께 라마나가 일어섰다. 아마도 이번 일을 계획한 이가 바로 그인 듯싶었다.

그는 카이론에게 살짝 목례를 올리고 자리를 벗어났다.

그들이 밖으로 나가자 스키피오가 다시 입을 열었다.

불과 두 달 보름 전의 미적거리고 유약한 스키피오는 이 자리에 없었다. 작전을 하나하나 지시함에 있어 명확했고, 막힘이 없었다.

그는 원래 자신의 모습으로 돌아와 있었다. 현자의 탑주로 말이다.

그 모습에 카이론은 미약하게 고개를 끄덕였다. 이제는 믿을 만한 사람이 되었다. 후방을 맡길 수 있는 그런 사람 말이다.

그러는 동안 어느새 회의는 끝이 나고 있었다.

모두의 시선이 카이론에게로 향했다. 카이론은 그들의 시선을 받으며 자리에서 일어섰다.

"출정식은 없다. 자정을 넘어서 각자 임무 위치로 이동한다."

"명!"

그것이 출정식이었다.

*     *     *

두 마리 말이 알카트라즈의 정문을 통과했다. 바로 키튼 알카트라즈와 폴린 노르딘이었다.

알카트라즈가 멀어질 즈음 둘은 약속이나 한 듯 말을 멈추고 알카트라즈를 뒤돌아보았다. 폴린 노르딘의 얼굴에는 만감이 교차했다.

무려 10년이다. 10년 만에 알카트라즈를 벗어났다.

젊은 시절을 저 지독한 알카트라즈에서 몽땅 보냈다. 과거를 생각하는 폴린 노르딘의 눈동자에는 불꽃이 일며 자신도 모르게 이빨을 갈았다.

턱!

그때 누군가의 손이 폴린 노르딘의 어깨를 다독였다. 하지만 보지 않아도 알 수 있었다. 그녀의 곁에 있는 이라고는 키튼 알카트라즈라는 사람뿐이니까 말이다.

그녀가 시선을 돌렸을 때 그녀의 앞에 있는 것은 아주 작은 술병이었다.

그에 키튼은 씨익 웃으며 작은 술병을 들어 술을 마실 것을 권했다.

"술은 과하지만 않는다면 적당하게 긴장을 풀어주지."

"…고맙습니다."

폴린은 키튼이 권하는 작은 술병을 들어 한 모금 마셨다.

"크으윽!"

폴린은 예상 외로 독한 술에 인상을 살짝 찌푸리며 팔로 입술을 닦아 냈다.

"화끈하군요."

"그 정도는 되어야 긴장을 풀 수 있겠지. 필요하다면 가져도 돼."

"아니, 괜찮습니다."

"괜찮아; 괜찮아. 난 한 개 더 있거든?"

그러면서 가슴 어림의 주머니에서 똑같은 술병을 꺼내 가볍게 한 모금하는 키튼이었다. 그런 키튼을 보며 폴린은 무뚝뚝하게 입을 열었다.

"항상 이러시는 겁니까?"

"항상? 항상 이러면 술 때문에 죽지."

"그렇군요. 고맙습니다."

"그럼 살아서 만나자고."

폴린의 말에 웃음을 보인 키튼은 먼저 말고삐를 잡아채 알카트라즈로 진격해 오는 2군이 오는 방향으로 말을 몰아갔다.

그런 키튼의 모습을 잠시 바라보는 폴린이었다.

마치 여행을 떠나듯 가볍게 떠나는 그 모습에 폴린은 고개를 끄덕였다.

"하아!"

폴린은 힘껏 말의 배를 찼다. 그에 말은 놀라 앞발을 들어올린 후 빠르게 달렸다.

그녀가 향하는 곳은 1군 토벌대가 오는 방향이었다.


키튼과 폴린이 알카트라즈에서 보이지 않을 정도로 사라졌을 무렵, 알카트라즈의 성문이 열리며 무수히 많은 이가 질서 정연하게 카론의 다리를 건너기 시작했다.

그 수는 5천은 족히 넘어보였다.

그리고 그 선두에는 당연히 카이론이 서 있었다.

대부분이 보병이었지만 그중 1천 정도는 말을 타고 있었다. 알카트라즈의 마방을 모두 뒤져서 구한 말이었다. 그리고 그들이 모두 카론의 다리를 건넜을 즈음 카이론은 말을 멈춰 세웠다.

그에 그의 뒤로 스키피오가 다가왔다.

"뒤를 부탁합니다."

"염려마시길."

그에 카이론은 고개를 끄덕이며 2연대와 함께 빠르게 사라져 갔다. 그들은 우회해서 3군의 본대를 칠 것이다. 남은 1연대는 3군의 선봉을 유인할 것이고 말이다.

"이제 시작이로군."

1연대장 불카투스 바엘가르가 묵직한 음성을 토해냈다.

"출발하지."

"명을 따릅니다."

"전구운! 진군 앞으로~!"

두웅! 둥!

전고가 울리고 전투의 나팔 소리가 울려 퍼졌다. 지금 이들은 죄수가 아니라 하나의 완벽한 군사 조직이었다.

\*　　　\*　　　\*

"죄수들이 알카트라즈를 튀어 나왔다는 말이지?"

"그렇습니다."

"어떻게 생각하나?"

3군의 선봉을 맡고 있는 아이작 스팅 남작과 그의 부관이자 책사인 테드 번디 준남작 간의 대화였다.

"현재 알카트라즈를 나선 병력은 5천 남짓으로 각 토벌군과 비등한 병력입니다. 죄수들이 모두 살아 있다 가정한다면 나머지 5천은 알카트라즈에 남아 있을 것이 분명합니다. 그것은 각 토벌군을 모두 맞서 싸울 수 없으니 각개 격파를 염두에 둔 전략이지 않을까 합니다."

테드 번디 준남작의 말은 상당히 정확했다. 알카트라즈에는 단 한 명의 죄수조차 남아 있지 않다는 것을 제외하면 말이다.

"흐음. 그렇군. 그 첫 번째 목표가 아군이라니 공을 세우기에는 아주 좋은 상황이로군. 그런데… 역시 그쪽에서는 답이 없지?"

"아무래도 이번 토벌전이 각 파벌의 대리전의 성향이 강한 탓일 겁니다. 그리고 저들을 절대 가볍게 보아서는 아니 됩니다. 그들은 마나 스캐터와 마나 억세 수갑과 족쇄에도 불구하고 폭동을 성공시켜 알카트라즈를 손에 넣었습니다. 그 말인즉슨 저들은 이미 마나 스캐터를 해독했을 가능성이 높다는 말입니다. 그들의 전직을 생각해 보면 결코 무시할 수 없는 전력이 됩니다."

번디 준남작의 말에 스팅 남작은 인상을 찌푸리며 고개를
끄덕였다.

사실 말은 가볍게 하고 있지만 번디 준남작의 말이 사실이
라면 절대 무시할 수 없는 전력이었다. 스팅 남작이 다혈질이
기는 하지만 결코 어리석지는 않았다.

"저들이 어떻게 나올 것 같은가?"

"그들은 전력을 투사해 본대를 꺾으려 들 것이고, 가장 먼
저 선봉인 남작님이 목표가 될 것입니다."

타당한 번디 준남작의 말에 고개를 끄덕이는 스팅 남작이
었다.

국왕파, 귀족파, 중도파로 나눠지기는 했지만 어차피 저들
에게는 같은 토벌군일 뿐이었다. 그리고 그들은 3군 토벌대
가 결코 융합하지 않으리라는 것도 알고 있었다.

그런 토벌대의 맹점을 파고드는 그들의 전격적인 움직임
이 사실 많이 꺼림칙하기는 했다. 때문에 스팅 남작은 고민이
많았다. 그리고 사실 불쾌한 마음도 들었다.

'3군이 제일 만만하다는 건가? 어디 이놈들, 본때를 보여
주마.'

그런 마음도 없지 않았다.

"정찰은 어떤가?"

"정찰 소대를 운용해 전방 5km까지 정찰하고 있습니다. 아

직 특이한 정보는 없습니다."

"좋아. 일단 경계에 만전을 기하면서 지금 속도로 빠르게 알카트라즈로 향한다."

"명을 따릅니다."


그런 스팅 남작의 소원은 의외로 빨리 이뤄졌다.

선봉군을 이끌고 카사크란데에 도착했을 때쯤, 그들의 전방에는 넓게 군을 펼쳐 자신을 맞이하는 죄수들을 볼 수 있었기 때문이었다.

"와하하하! 이제 오느냐! 기다린 지 오래다. 귀족군이니, 토벌군이니 하더니 꼴이 그게 대체 뭐냐? 배때기에 기름만 잔뜩 끼어서 어디 창칼이나 제대로 휘두를 수 있겠느냐?"

스팅 남작의 병력이 일사분란하게 진형을 가다듬자마자 들려오는 괄괄한 소리가 그들에게 들려왔다.

보아하니 대머리에 부리부리한 눈, 그리고 가시처럼 사방으로 뻗친 수염에 양손에는 광산에서나 쓸 법한 곡괭이 두 개가 들려져 있었다.

"왜? 쫄았냐? 거시기가 쫄아서 콩만 해졌느냔 말이다! 와하하하하!"

대머리의 사내가 커다랗게 웃자 그때를 같이 하여 죄수들도 커다랗게 웃었다.

"저, 저……!"

"소장을 보내주십시오. 단번에 저 오만무도한 놈의 목을 베어 오겠습니다."

그렇지 않아도 기분이 나빴던 스팅 남작이었다. 하지만 저들의 도발에 무슨 수가 있지 않을까 걱정하던 차에 앞으로 나서는 자가 있었으니 그는 바로 고개를 끄덕이며 허락했다.

"기사 마르코 헨지, 경을 믿는다."

"감사합니다."

스팅 남작의 말이 떨어지자마자 바로 말을 몰아 중앙으로 나섰다. 그에 곡괭이를 든 대머리 사내 역시 말을 몰아 마주 나왔다.

"그 걸레 같은 입을 작살내 주마."

"와하하하! 어디서 되다 만 놈이 입은 걸구나. 가서 엄마 젖이나 더 먹고 오거라."

"이익!"

입담으로는 도저히 대머리를 당할 수 없었던지 그대로 마상 장검을 거칠게 휘두르며 일격에 죽일 듯이 쇄도하는 기사였다.

그에 대머리는 당연히 그럴 줄 알았다는 듯이 말 위에서 그대로 벌렁 눕더니 그대로 스치듯 기사를 지나갔다.

"끄아아악!"

그리고 들려오는 소리는 스치듯 지나간 기사의 비명이었다.

어느새 날이 바짝 선 곡괭이가 기사의 복부를 관통해 있었다. 기사는 말과 함께 앞으로 나가지 못하고 오히려 곡괭이에 꽂혀 끌려오고 있었다.

"우와아악!"

대머리가 눕혔던 신형을 일으켜 세우며 두 손으로 곡괭이를 들어서 내려쳤다. 기사의 육중한 몸이 그대로 허공에 떠올랐다.

그 순간 대머리는 한 손을 놓고 수납했던 곡괭이를 들어 기사의 안면을 내려찍었다.

퍼걱!

비명도 없었다. 기사가 떨어져 내리기 전 어느새 꺼내 들었는지 안장에 달려 있던 검을 들어 기사의 목을 베는 대머리였다.

그는 기사의 목을 높게 쳐들며 외쳤다.

"겨우 이것이더냐? 이 정도의 실력이더냐? 이 정도면 우리 군에 들어와서 엉덩이나 닦아 주면 딱 좋겠군."

그의 말이 떨어지기가 무섭게 일렬로 서 있던 죄수들이 뒤로 돌더니 엉덩이를 까고 커다랗게 웃었다.

수치스럽기 그지없는 그들의 행동에 스팅 남작은 앉아 있던 의자의 손잡이를 치며 일어섰다.

"참으십시오. 저들의 수작입니다."

"수작은 무슨!"

"5천의 병력이라 했습니다. 한데 겨우 몇 백입니다. 유인계일 것입니다."

"끄응!"

사실 그랬다. 정찰병이 전해오는 바론 알카트라즈를 나선 수가 5천이라 했다. 그런데 지금 그들을 막아서고 있는 자들의 수는 겨우 몇 백에 지나지 않았다.

순간 스팅 남작의 입이 떨어졌다.

"밀어버린다."

"남작님!"

"아! 상관없을 것이네. 저들이 우리를 유인한다 해도 이곳은 매복할 만한 장소가 없으니 말이야."

그렇긴 했다. 카사그란데는 평원 지역이었으니까.

"그야……."

"전구운! 출군하라! 오만방자한 죄수 놈들을 깡그리 멸살하라!"

"와아아아!"

"돌겨억! 돌격하라~!"

둥! 둥! 둥! 두두둥! 뿌우우~ 뿌우우~

전고가 울리고 뿔 나팔이 울렸다.

병사들은 용기백배하여 죄수들이 펼친 진형으로 속보로 다가갔고, 기사 중 25명은 말을 빠르게 달려 죄수들이 펼친 진형을 향해 전속력으로 질주했다.

그런 기사들을 바라본 대머리는 살짝 웃음을 떠올렸다.

"후퇴에~!"

그는 맞서지 않았다. 물러났다. 그런 모습을 보면서 선봉군들은 더욱 용기백배하며 들이닥치고 있었다.

순간 번디 준남작은 조금은 이상하다는 생각이 들었다. 이는 유인계라고 하기엔 너무 적나라했기 때문이었다.

'뭐냐? 대체 무슨 수작이냐?'

경각심이 일었다. 하지만 지금 현 상황에서는 어떤 작전도 쉽게 이루어지기 어려웠다.

사방이 훤히 뚫린 지형에서 매복 작전을 실시하기는 힘들었기 때문이었다. 매복이 아니면 대체 무슨 작전이란 말인가?

유인임은 분명한데 도대체 감을 잡지 못하는 번디 준남작이었다. 그런 번디 준남작과는 달리 스팅 남작은 어이없다는 표정을 짓고 있었다.

전투다운 전투를 하나 싶었는데 이내 꽁무니를 빼고 도망가니 말이다.


그렇게 그들의 추격전은 한참 동안이나 계속되었다. 하지만 결국 그들은 미꾸라지 같이 도망가는 죄수들을 잡을 수 없었다.

반나절을 쫓고 쫓겼다. 가끔 돌아서 반격을 가하기도 하고 흩어졌다 모이기도 하고, 잠시 쉴라 치면 여지없이 나타나 욕을 푸짐하게 해대고 다시 도망가기를 반나절이었다.

결국 해가 지기 시작하자 추격전을 멈출 수밖에 없었다.

"저, 저 새끼들… 밥 처먹고 달리기만 했냐?"

"후억! 후억! 저게 어떻게 죄수야?"

병사들은 질렸다는 듯이 입을 열었다. 입에서 단내가 풀풀 나고 있었다.

"진지를 마련한다. 빨리 빨리 움직여라."

그때 소대장들의 음성이 그들에게 들려왔다.

"어우~ 쓰벌. 힘들어 죽겠구만."

그런 말을 하면서도 병사들은 힘들게 움직일 수밖에 없었다.

귀족들이나 장교들이 움직여서 천막을 치고 음식을 장만하지는 않을 것이니까 말이다. 기사들도 마찬가지다. 어쩌면 장교들보다 더 자존심이 강한 이들이 그들일지 몰랐으니까.

어쨌든 반나절의 추격전 끝에 어둠이 내려서야 겨우 휴식을 취하며 석식을 하는 그들이었다.

그리고 그러한 그들을 예리하게 바라보는 이가 있었다. 바로 대머리, 아니, 예니체리의 1연대 부연대장인 렉사르 브리틴이었다.

"새끼들, 꽤나 지쳤나 보네."

"왜 아니겠습니까?"

"병력은?"

"이미 교체했습니다."

"그래도 일단 쉬어둬. 자정이 되면 다시 한 차례 훑고 지나가야 하니까."

"알겠습니다."

적의 선봉이 휴식을 취하고 진지를 구성할 때, 렉사르 브리틴은 병력을 교체하고 든든하게 식사를 마친 후였다.

적들에게 쉬는 틈을 줄 수는 없었다. 지치게 하고 약 올리는 것이 자신의 임무였다.

그리고 일정 간격마다 병력이 배치되어 있으니…….

저들은 모르겠지만 예니체리의 병력은 체력이 쌩쌩하게 남아 있을 수밖에 없었다.

이런 상황을 보면서 렉사르 브리틴은 스키피오의 정확한 예측에 감탄을 금치 못했다.

적이 어디서 쉴지, 그리고 적이 어떻게 움직일까에 대해서 아주 정확하게 맞아 들어가고 있었다. 이것은 적군과 아군의 전력을 한눈에 꿰지 않고서는 절대 있을 수 없는 일이었다.

"역시 머리 좋은 양반은 뭐가 달라도 다르네."

하지만 렉사르 브리틴은 그렇게 간단하게 그에 대한 감상을 말하고는 밤하늘을 총총하게 빛내고 있는 별을 바라볼 뿐이었다.

이렇게 그가 다음 공격을 대기하고 있을 그 순간, 카이론은 라마나와 함께 3군 토벌대의 본진에 들어서고 있었다.


　"서라! 누구냐!"

　"카이론 에라크루네스."

　"라마나 마하리쉬."

　"용무는?"

　"3군 사령관인 마르탄 카플루스 자작과의 면담."

　"뭐?"

　아직 병사들은 모르고 있었다. 카이론 에라크루네스가 누구인지 말이다.

　그때 초소를 지키고 있던 누군가 걸어 나왔다. 그는 나오자마자 카이론과 라마나를 향한 병사들의 창을 내렸다. 그리고 그의 앞에 다가가 군례를 올렸다.

　"전대장님과 팀장님을 뵙습니다."

　"오랜만이로군."

　카이론은 고개를 끄덕였다. 6특전여단에 남겨둔 1중대원이었다. 그들이 왜 이곳에 있는지는 몰랐다. 하지만 그 연유가 있을 것이다.

　그리고 그 연유는 어렵지 않게 알 수 있었다.

　"카플루스 자작님께서 6특전여단을 모두 이끌고 오셨습니다."

　"그렇군. 쉽지 않았을 것인데?"

6특전여단은 귀족 세력이 아니다. 엄밀히 말하면 군부대이다. 이번 토벌대는 정규군이 아닌 귀족의 병사를 차출해서 급조한 토벌대였다.

그런데 6특전여단이 움직였다는 것은 어떤 이유일까?

"자세한 사정은 카플루스 자작님께 직접 들으시지 말입니다."

"그러지."

"안내하겠습니다."

그가 둘을 안내하기 시작했다. 가끔 보이는 병사들이 그에게 절도 있는 군례를 취했다.

그러면서도 카이론과 라마나를 보며 의아한 빛을 떠올렸다. 처음 보는 사람이기 때문이었다. 하지만 별 의심은 하지 않았다.

우선 카이론과 라마나의 행동이 너무나도 자연스러운 데다가, 그들을 안내하는 자의 우측 가슴에는 6특전여단의 휘장이 걸려 있었고, 대하는 태도 또한 매우 정중했기 때문이었다.

너무나도 자연스럽게 진내를 거쳐 카플루스 자작이 있는 막사에 도착한 카이론과 라마나였다.

그들이 막사 안으로 들어서자 카플루스 자작은 서류를 정리하던 것을 중지하고 쌍수를 들어 환영했다.

"이거 토벌해야 할 죄수들과 만났다고 경을 치는 것이 아닌지 모르겠습니다."

"당할 만큼 당했네. 이제는 갚아야 할 때가 아니던가?"

라마나의 말에 카플루스 자작은 별 상관없다는 듯이 입을
열었다.

"그동안 잘 계셨습니까?"

"잘 있었소. 열심히 준비하면서 말이오."

카플루스 자작은 카이론에게 하대하지 않았다. 그리고 마
음을 굳힌 듯 다시 입을 열었다.

"나를 받아줄 수 있겠소?"

"이미 한 배를 탄 것이 아니었습니까?"

"아니, 아니오. 한 배를 탔지만 나는 결코 그대와 어깨를
나란히 할 정도의 그릇이 아니라는 것을 아오. 내 말은 그대
의 그늘 아래로 들고 싶다는 말이오."

"……"

카이론은 말없이 카플루스 자작을 바라보았다. 카플루스
자작은 카이론의 시선을 피하지 않았다. 그의 눈동자는 흔들
리지 않았다.

이미 모든 것을 결정한 후의 신념이 깃든 눈동자였다.

"상관없습니다."

"고맙습니다."

그렇게 말을 하면서 자리에서 일어나 사령관의 자리를 양
보하는 카플루스 자작이었다.

잠시 그런 카플루스 자작을 바라보던 카이론은 말없이 그가 양보한 자리에 앉았다.

"그럼 보고를 시작하겠습니다."

"듣겠습니다."

카이론의 행동과 말에 만족한 웃음을 떠올리는 카플루스 자작이었다.

"현재 3군의 토벌대에 참여한 귀족은 5명입니다. 선봉인 아이작 스팅 남작을 제외하고는 그리 뛰어나다고 할 수 없는 전력이지만 결코 무시할 수만은 없습니다. 현재 본작을 지지하는 장교는 6특전여단의 전대장들을 제외하고는 없습니다."

카이론은 고개를 끄덕였다. 6특전여단의 전대장들이라면 그리 나쁘지 않았다. 사실 영지를 가진 정통 귀족은 전대장들을 귀족으로 인정하지 않았다. 그들은 작위만 주어질 뿐 영지조차 주어지지 않는다.

명목상의 귀족이었다.

카이론이 그들을 수용할 수 있었던 것은 이런 불평등한 대우와 훈련을 함께했던 전우라는 점, 그리고 정치색이 가장 엷은 이들이었기 때문이다.

그때 막사를 열고 한 명의 사내가 들어왔는데 한쪽 팔이 헐렁했다.

바로 카플루스 자작에 의해 그의 참모가 된 레오날드 헉슬

리였다.

과거 카이론이 만들어준 악력기로 한쪽 팔을 단련하면서 카플루스에게 커다란 깨달음을 줬던 이가 바로 그였다.

"오랜만에 뵙습니다. 레오날드 상급병입니다."

레오날드의 말에 고개를 끄덕인 카이론이었다. 카이론을 그를 잊지 않았다. 자신이 만든 악력기를 가장 먼저 들고 절망의 늪에서 벗어난 병사였으니까 말이다.

"반갑군."

카이론의 말에 활짝 웃는 레오날드였다. 그리고 그의 말이 끝나기가 무섭게 6특전여단의 전대장들과 팀장들이 카플루스 자작의 막사에 모습을 드러내고 있었다.

4명의 전대장과 16명의 팀장이 꾸역꾸역 밀려들었다.

오랜만에 보는 반가운 얼굴들이 있었다.

빌리 해밀턴 1전대장과 멜빈 그랜더슨 3전대장이 그들이었다.

2전대장과 4전대장은 다른 이들이었다. 2전대장은 혹한기 전술 훈련 당시 사망했고, 4전대장은 카이론이 귀족회의에 회부되고 판결이 나는 순간 9특수여단으로 전출되었다.

새롭게 2전대장과 4전대장으로 전입한 이들은 어서 마이튼과 티모시 켈러라고 했다. 이들은 평소 카플루스 자작과 교류가 많았던 자들로, 실력은 조금 처질지라도 카플루스 자작을 믿고 따랐다.

짧은 기간이지만 카플루스 자작은 카이론의 말처럼 6특전 여단을 자신의 수족으로 철저하게 바꿔놓고 있었다.

"다들 모이셨으니 작전 회의를 시작하겠습니다."

"저희 측은 1개 연대가 언제든지 본진에 들이칠 수 있음은 물론이요, 그중 5백은 익스퍼트의 실력자입니다."

라마나의 설명에 고개를 끄덕인 레오날드가 입을 열었다.

"죄송한 말씀이나 현재 3군에서 포섭이 가능한 귀족은 없습니다."

말없이 고개를 끄덕이는 카이론과 라마나였다. 그러다 라마나가 작은 소리로 입을 열었다.

"오늘 저녁에는 그들을 볼 수 없을 것입니다."


라마나가 입을 여는 그 순간, 어두운 그림자가 3군 귀족들의 막사에 스며들고 있었다. 바로 카이론에 의해 다시 생명을 얻은 데어셰크였다.

한 명의 귀족이 깊은 수면에 빠져 있었다. 침대 머리맡의 공간이 일렁이며 누군가 모습을 드러냈고, 모습을 드러냄과 동시에 날카로운 빛이 귀족의 목을 관통했다. 그리고 다시 어둠 속으로 모습을 감추었다.

한참 뒤 잠든 귀족의 목에는 검붉은 혈선이 생겨났고, 고급스러운 베게에 질척한 핏물이 스며들기 시작했다.

그런 현상은 비단 한곳만이 아니었다. 이곳을 제외하고 몇

몇 곳에서 그런 기이한 현상이 일어나고 있었다.

그리고 얼마 지나지 않아서 다시 시끄러운 소리가 진중을 덮쳤다.

"암살이다! 암살!"

"찾아! 찾으란 말이다!"

"아직 진중을 벗어나지 못했을 것이다. 횃불을 들어 올려!"

"경계를 강화하라!"

3군 본대의 진영이 시끄러운 소리로 뒤덮였다.


"사, 사령관님!"

한 명의 기사가 카플루스 자작의 막사로 거친 숨을 몰아쉬며 뛰어들었다.

막사에 들어온 기사는 직후 그대로 얼어붙을 수밖에 없었다. 너무 많은 사람이 모여 있었던 탓이었다.

"무슨 일인가?"

카플루스 자작은 담담하게 기사에게 물었다.

"저… 그것이……."

"말해보게."

"암살입니다! 귀족을 비롯한 몇몇 기사와 준귀족이……."

"그런가? 그래서 밖이 이렇게 시끄러운가?"

"그, 그렇습니다."

"오늘 당직 사령이 누구지?"

"더글라스 맥베인 1대대장입니다."

"그와 함께 각 대대장을 소집하고, 기사단장을 소환하도록 하게."

"명!"

기사가 막사를 나가자 카플루스 자작은 입을 열었다.

"전대장들과 팀장들은 진지를 벗어나 각 지점에서 작전 대기하고 있는 예니체리 2연대를 인솔해 진내로 진입한다."

"명!"

전대장들과 팀장들이 막사를 빠져나갔다. 그에 카이론이 일어났다.

"가시죠."

그런 카이론을 스스럼없이 안내하기 시작하는 카플루스 자작이었다.

그가 향하는 곳은 작전회의가 열리는 막사였다. 그곳에는 이미 카플루스 자작이 불러들인 기사들과 대대장들이 자리하고 있었다.


카플루스 자작이 막사 안으로 들어서자 대대장들과 기사들은 자리에서 일어났고, 그가 착석하자 자리에 앉았다.

그러면서도 그들은 카플루스 자작의 뒤를 따라온 두 명의 사내를 유심히 살피고 있었다.

"저……."

"잠시 기다리도록."

"아, 알겠습니다."

일직사령인 1대대장이 무언가를 말을 하려다 카플루스 자작이 제지하자 입을 다물었다.

어쨌거나 지금 세 명의 귀족이 암살당한 상황에서 유일하게 남은 귀족은 카플루스 자작밖에 없었으니까 말이다.

각 귀족들의 알력으로 인해 파벌이 생겨 명령 하달 계통에 문제가 생기기는 했지만, 지금은 그 명령 계통이 단 하나로 일원화될 수밖에 없었다. 비로소 지휘 계통이 하나로 통일되는 느낌이 들었다.

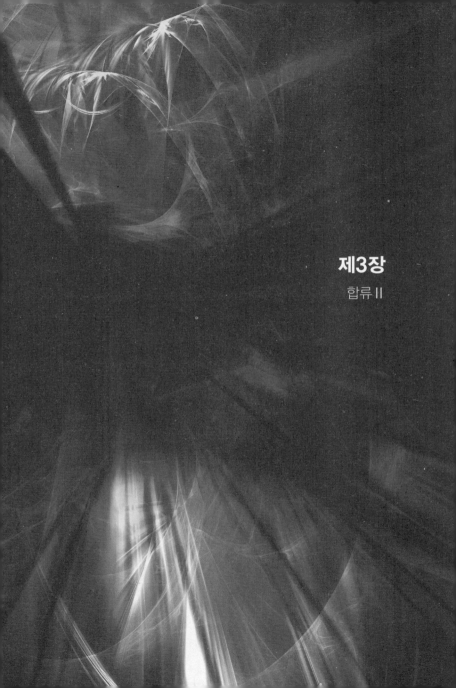

제3장
합류 II

*Warrior*

　"지금 이 시간부로 토벌군 본대는 알카트라즈의 점령군에
소속된다."

　"……."

　적막이 감돌았다. 도대체 이게 무슨 말인가? 토벌군이 알
카트라즈의 점령군… 아니, 죄수들의 편에 서서 싸워야 한다
니… 말도 안 된다.

　이것은 반역이었다.

　"반역… 이십니까?"

　"그럴 수도 있겠군."

　그에 의자를 박차고 일어나는 1대대장이었다.

"더 이상은 들을 필요 없습니다."

그리고 막사를 나가려 했다.

"그 문을 나서는 순간 나와는 적이 될 것이네."

"적이 된다 해도 죄수들과 함께 싸울 수는 없습니다."

그를 따라 2, 3, 4대대장이 자리를 벗어났다. 그리고 기사단장 역시. 남은 것은 6특전여단의 전대장과 팀장, 그리고 5대대장만이 자리에 남았다.

"자네는 왜 안 가나?"

"갈 곳이 없습니다."

"그런가? 그럼 이 상황을 인정한다는 것인가?"

"인정이라… 그럴 수도 있을 것입니다."

"넌… 사내가 아니로군."

그때 조용히 카플루스 자작 뒤에 서 있던 카이론이 입을 열며 비어 있는 자리에 앉았다.

5대대장이 헬름을 벗었다. 은백색의 긴 머리가 흘러내렸다.

남성용 풀 플레이트 메일을 입고 있었기에 여기 참여한 그 누구도 그녀가 여자라는 것을 알지 못했다.

헬름을 벗은 그녀의 모습은 절로 감탄을 자아내기에 충분했다. 일순 막사 내에는 정적이 감돌았다.

그러한 반응을 예상했다는 듯이 냉막한 그녀의 목소리가 들려왔다.

"그것이 문제가 됩니까?"

"문제 될 것은 없지. 실력만 된다면."

"실력을 증명해야 합니까?"

"아마도."

"누구와 합니까?"

5대대장의 물음에 카이론은 주변을 둘러보며 물었다.

"누가 할 텐가?"

하지만 누구도 나서는 자는 없었다.

일단은 군이나 기사들이 경시하는 여자였다.

여기사가 없는 것은 아니나 실효성이 적었다. 힘과 체력이 너무 약했기 때문이었다. 그래서 군부대에서 여군은 전투보다는 전투 지원 쪽에 많았다.

게다가 군부대나 기사들에게는 일정의 미신과 같은 것이 있었다. 바로 전투를 앞두고 여자와 다투지 않는다는 것.

아무리 대단한 특전여단의 전대장이나 팀장이라 할지라도 그러한 미신에는 자유로울 수 없었다.

"아무도 없나보군. 시험은… 잠시 미루지."

카이론의 말과 함께 막사 밖에서 우렁찬 외침이 들려왔다.

"반역자는 앞으로 나서라! 기사로서, 군인으로서 그대들에게 기회를 주겠다!"

카이론이 자리에서 일어났다. 어느새 그의 손에는 언월도가 들려져 있었다.

그를 따라 라마나가 나섰고, 카플루스 자작이 나섰으며, 전대장과 팀장들이 나섰다. 막사 안에 남은 것은 오로지 5대대장.

그녀는 한참을 그대로 있더니 마침내 헬름을 한 손으로 들고 자리에서 일어나 밖으로 나섰다.


그녀가 나섰을 때, 막사의 밖은 차가운 적막이 진중을 감싸고 있었다.

"항복하라!"

카이론은 주변을 둘러보았다. 이미 막사 주변은 빽빽한 기치창검으로 둘러싸여 있었다. 그 중심에는 각 대대장들과 기사단장이 말을 타고 무섭게 그들을 쏘아보고 있었다.

그들은 득의만만하고 있었다. 병력의 수가 무려 4,200명이었다. 5대대 병력의 절반과 특전여단은 참여하지 않았다. 하지만 별 상관없었다.

자신들을 따르지 않은 대대 병력은 이미 무장을 해제했고, 특전여단은 도망을 갔는지 그 종적을 찾아볼 수 없었다.

"항복하면?"

카이론이 물었다. 그에 득의한 웃음을 짓은 1대대장이 호기롭게 입을 열었다.

"어리석구나. 감히 죄수 주제에 살기를 바라는 것이더냐?"

비웃었다. 그리고 그의 시선이 카이론의 뒤에 서 있는 5대대장을 바라보았다.

전장과는 어울리지 않는 호리호리한 체구를 가진 기사가 그의 뒤에 서 있었다.

맥베인 1대대장은 그 기사가 누구인지 너무도 잘 아는 듯이 혀로 입술을 축인 후 입을 열었다.

"캐슬린 맥그로우 5대대장은 무엇을 하는가?"

1대대장의 호명에 5대대장이 앞으로 나섰다.

"그대의 자리는 그곳이 아닌 것으로 알고 있다."

자신을 호명하는 더글라스 맥베인 1대대장을 올려다보던 캐슬린 맥그로우 5대대장이 조용하게 입을 열었다.

"이제야 정식으로 성과 이름, 그리고 직책을 호명하는군요."

"뭐라?"

맥그로우 5대대장의 말에 눈썹을 꿈틀거리는 맥베인 1대대장이었다. 하나 맥그로우 5대대장은 결코 그를 상대할 마음이 없는 듯했다.

"5대대는 내 앞으로 나서라!"

"……."

나서는 자는 없었다. 그에 맥베인 1대대장이 비릿한 웃음을 떠올렸다.

"5대대는 이곳에 없다."

"군인은 명령에 죽고 명령에 산다. 5대대에는 정녕 군인이 없는 것인가?"

다시 맥그로우 5대대장의 날카로운 소리가 울려 퍼졌다. 그때 한 명이 걸음을 옮겼다.

"경거망동하지 말라. 더 이상 걸음을 옮긴다면 직위를 박탈하고 군법회의에 넘기겠다."

맥베인 1대대장의 말에 앞으로 걸음을 떼었던 자가 그를 슬쩍 바라보았다. 그러다 다시 걸음을 옮기며 입을 열었다.

"언제는 직위나 5대대를 인정이나 해줬습니까?"

"뭐, 뭐라?"

"4,200명이면 압도적인 병력 아닙니까? 겨우 몇 명 넘어간다고 해서 전세에 영향을 끼친다고는 생각지 못하겠습니다. 그리고 저의 가문은 모두 알카트라즈에 있어서 말입니다."

"네, 네놈이……!"

맥베인 1대대장의 얼굴이 흉악스럽게 일그러졌다.

"흥! 역시 천한 배신자의 가문이라서 그런가? 변심도 빠르구나."

맥베인 1대대장 대신 그의 옆에 있던 드와이트 아이젠하크 기사단장이 거친 소리를 내었다. 하지만 앞으로 나선 자는 어디서 개가 짖느냐는 식으로 걸음을 옮겨 맥그로우 5대대장 앞에 섰다.

"진격! 5대대 작전과장 조지 캐틀렛 마샬. 복귀를 신고합니다."

"진격!"

그가 시작이었을까? 무장해제당하지 않은 5대대의 병력이 움직였다. 그들의 움직임에는 절도가 있었다. 절대 무시할 그런 수준이 아님은 분명했다.

"멈춰! 멈추지 않으면……."

4대대장이 검을 꺼내 들며 외쳤다. 하지만 그의 말은 더 이상 이어지지 않았다. 검을 꺼내든 모습 그대로 굳어지더니 스르르 말에서 떨어져 내리고 있었다.

'언제?'

'대체 누가?'

누구도 보지 못했다. 그들이 본 것은 옆으로 축 늘어뜨려 놓고 있던 카이론의 언월도가 어느새 그의 어깨에 걸쳐져 있었다는 것뿐이었다.

'설마?'

남은 네 명의 대대장과 기사단장이 본능적으로 카이론을 바라봤다.

"네놈……."

1대대장이 무언가 말을 하려는 그 순간 카이론은 어깨에 올렸던 언월도를 들어 올렸다.

그 순간!

"와아아아아!"

부대의 외곽으로부터 커다란 소리가 들려오며 수천의 병

력이 보였다.

결코 작은 수가 아니었다. 적어도 3천은 넘어보였다. 자신들보다 적은 병력이라 해도 안팎으로 적을 맞이하는 꼴이 되었다.

그때!

1대대장이 외쳤다.

"쳐랏!"

외곽은 신경 쓸 필요 없었다. 우두머리는 바로 자신들이 포위하고 있으니 말이다.

"우와아!"

"죽여라!"

중도파의 귀족군이 카이론을 향해 쇄도했다. 그런 모습을 보며 카이론은 날카로운 웃음을 지어보였다.

"좋군."

그러면서 왼발을 앞으로 내딛으며 두 손으로 잡은 언월도를 위에서 아래로 내려 그었다.

쿠와아아앙! 쩌저적! 쩌억!

대지가 파이면서 거센 진동이 얼어났다. 그리고 그를 향해 쇄도하던 1대대장을 향해 쭈욱 뻗어나가는 카이론의 언월도.

"이익!"

말고삐를 잡아 올려 거센 진동을 뛰어 넘은 맥베인 1대대장은 마상장검을 꺼내 자신을 향해 쇄도해 오는 언월도를 빗겨 막으려 했다.

치이잉! 콰아앙!

"커억!"

막기는 막았다. 하지만 언월도에 서린 강력한 마나는 그 방어가 무색하게 1대대장 맥베인에게 거센 충격을 주고 있었다. 그는 순간적으로 정신이 아득해짐을 느낄 수 있었다.

'어떻게……'

그 생각을 할 때 갑자기 주변이 온통 어둠으로 물들었고, 의식이 단절되었다.

툭!

맥베인 1대대장의 목이 떨어졌다. 너무나도 창졸간이었다.

"이노오옴!"

그에 기사단장과 그를 따르는 150의 기사가 노호성을 터뜨리며 카이론을 향해 쇄도했다. 그들의 기세는 무시무시했다. 하지만 그것은 그저 병사들에게 한정된 것일 뿐이었다.

"5대대는 후방을 맡는다."

"명!"

카이론은 즉각 명을 내렸고, 맥그로우 5대대장은 자신을 찾아온 5대대를 이끌고 후방으로 이동했다.

그것을 확인한 카이론은 걸음을 앞으로 내딛었다. 그 주변에는 라마나와 카플루스 자작을 비롯해 특전여단의 전대장과 팀장들이 있었다.

"예니체리!"

"예니체리!"

카이론이 외치자 자연스럽게 복창하는 이들.

"출전한다."

"명!"

언월도를 비껴들고 서서히 걷던 카이론의 걸음이 점점 빨라졌다. 그리고 종내에는 달리기 시작했고, 150명의 기사 사이로 뛰어들었다.

"차하앗!"

내려찍는 카이론의 언월도에 백화가 맺히기 시작했다.

하늘에서 하늘하늘 떨어지는 백화. 백화는 기사들에게 닿는 그 순간부터 혈화가 되어 전장을 수놓았다.

"커허억!"

"아, 안 돼에……."

순식간에 다섯 명의 기사가 목숨을 잃었다. 죽은 기사만 다섯이지 그의 일도에 이어진 충격파는 근처에 있던 네댓 명의 기사를 항거 불능에 빠뜨렸다. 말과 함께 통째로 갈라지거나 말에 깔려 죽음을 맞이하는 기사도 있었다.

압도적인 병력. 하지만 카이론에게 있어서 압도적인 병력이라는 것은 소용없었다. 그리고 카이론만 있는 것도 아니었다.

카이론을 따르는 자들의 실력이 결코 기사들과 비견해서

떨어질 이유는 없었다. 오히려 더 실전적이고 강력했다.

온실 속의 화초와 같은 기사들과는 전혀 다르다는 말이었다.

슈칵!

기사들이 죽어갔다. 카이론은 두 쪽이 나서 믿을 수 없다는 표정으로 죽어가는 기사를 바라보며 주변 상황을 살폈다.

귀족군은 지리멸렬하고 있었다.

애초부터 기사나 귀족들을 굳이 회유할 생각은 없었다.

자신은 거대한 힘에 맞서고 있었다. 내부에 조그마한 틈이라도 생긴다면 밖에서부터 무너지는 것이 아닌 안으로부터 무너져 내릴 것이 분명했다.

그때 그의 감각에 걸리는 날카로움이 있었다.

쉬캉!

"커흑!"

카이론을 공격하던 기사가 튕기듯이 밀려났다. 카이론은 주저하지 않았다. 마치 실이라도 달린 것처럼 튕겨져 나가는 기사를 따라가며 언월도를 휘둘렀다.

카가가각!

"꺼억!"

카이론의 언월도가 기쾌하게 움직여 기사의 헬름을 수직으로 갈랐다.

척!

카이론의 언월도가 갈라진 헬름 속에서 핏물을 흘리며 두려움에 찬 눈동자로 자신을 바라보는 기사의 목젖에 대어졌다.

"몇 살인가?"

"주, 죽여라!"

꾸욱!

카이론의 언월도의 끝이 기사의 목젖을 찔러들어 갔다. 기사의 얇은 피부를 뚫고 검붉은 핏물이 진득하게 흘러내렸다. 그는 다시 물었다.

"몇 살인가?"

"여… 열, 다섯."

"어리군."

"나, 나는……."

뻐억!

순간 나이 어린 기사의 목이 홱 돌아가며 그대로 기절했다.

"뭡니까?"

"애더군."

"쯧. 대체 귀족 놈의 새끼들 대가리에는 뭐가 들었는지 알고 싶군. 애를 기사랍시고……."

레오날드가 남은 한 팔로 어린 기사의 왼발을 들더니 질질 끌고 막사 안으로 들어갔다.

카이론은 잠시 그런 레오날드를 바라보다 우연찮게 한쪽

을 바라보게 되었다. 그곳에는 헬름을 쓰고 끝이 날카롭게 벼려진 대검을 들고 끊임없이 움직이는 기사가 보였다.

'캐슬린 맥그로우 5대대장……'

그녀는 용감했다. 적어도 실력도 없이 뒤에서 손가락질하거나 권력이나 작위를 믿고 큰소리를 치는 그런 류의 인물은 아니었다.

그러는 동안 장내는 서서히 정리되어 가고 있었다.

"물러서지 마라! 물러서지 마!"

"물러서는 자는 이 검에 죽을 것이다."

누군가 외쳤다. 카이론은 자신의 발치에 있던 깃발을 발끝으로 툭 차올렸다.

그리고.

슈화아악!

"무… 꺼억!"

물러서지 말라고 독려하던 자의 명치 어림에 깃발이 박혔다.

그와 함께 전장에는 정적이 감돌았다.

그리고 한두 명씩 검과 방패를 내려놓고 그 자리에 무릎을 꿇으며 머리 뒤로 깍지를 끼었다.

명백한 항복의 의사 표시었다. 항복하라는 둥 죽인다는 둥의 외침조차도 없었지만 병사들은 알고 있었다.

이미 자신들이 이길 수 없는 상대라는 것을 말이다. 그리고 상대는 적이 아니라 아군이었다.

이미 귀족과 기사들은 죽임을 당한 지 오래였다. 굳이 악착같이 싸울 필요가 없는 것이다.

그리고 병사들은 강제로 징발된 이들이었다. 영지로 돌아가면 가족과 형제들, 그리고 친구들이 기다리고 있다.

충성보다는 가족이 먼저인 이들이었다.

귀족들이란 그랬다. 자신들의 권력을 위해 토벌군을 소집했지만 그 토벌군은 영지의 정예 병력이 아닌, 그저 급작스럽게 징발한 병력이었다.

그러한 그들이 과연 귀족과 기사들이 다 죽은 이 상황에서 제대로 싸우려 할 것인가?

답은 '아니오' 였다. 살아서 고향에 돌아갈 수 있으면 그것으로 족한 이들이었다.

굳이 죽음을 자초할 필요가 없는 것이다.

결국 한 명이 항복의 의사를 보이자 엉거주춤하게 서 있던 병사들 모두가 가진 무기와 방어구를 내려놓고 항복해 왔다. 이로써 완벽하게 3군을 장악하는 카이론이었다.

"돌아갈 자는 돌아가라."

그 말을 마치고 카이론은 막사로 들어가 버렸다. 그에 예니체리 2연대와 특전여단은 무기와 방어구를 수습하기 시작했다.

항복한 병사들은 그러한 그들의 행동에 대체 이게 무슨 경우인가 생각하며 어리둥절했다.

"이거 뭐……."

한 병사가 맥이 풀리는지 그 자리에 털썩 주저앉으며 입을
열었다.

사방으로 시체였다.

많은 이가 살아남았지만 죽은 자 역시 많았다. 예니체리 2연
대와 특전여단은 그들의 시체를 뒤지며 특징이 될 만한 것들
을 모았고, 구덩이를 파고 시체를 그곳으로 던졌다.

그에 멍하게 있던 병사들은 그들을 돕기 시작했다. 한 명,
두 명… 그리고 어느새 모든 병사가 일어서서 죽은 병사의 시
체를 옮기기 시작했다.

"저기……."

"뭔가?"

"동네 형인데… 전해 줄 즈, 증표라도."

"그렇게 해."

선선히 받아주는 예니체리 2연대의 병사. 그에 고맙다는
말을 하고 죽은 병사의 목에 걸려 있던 목걸이를 뜯어내 머리
카락과 같이 싸매 소중하게 품속으로 넣었다.

진흙이 잔뜩 묻어 있는 사내의 얼굴은 무표정했지만 그 진
흙을 뚫고 맑은 눈물이 흘러내리고 있었다. 사내가 동네 형이
라는 자의 시신을 구덩이 속에 넣자 몇몇 병사가 기름을 붓기
시작했다.

그리고 들고 있던 횃불을 구덩이 속에 던져 넣었다.

불이 타오르며 검은 연기가 검은 하늘 속으로 사라졌고, 살이 타는 매캐한 냄새가 속을 울렁이게 했다. 하지만 그 누구도 구덩이에서 눈을 떼지 못했다.

땅! 땅! 땅!

그때 쇠를 두드리는 소리가 들렸다.

"식사아~"

전장의 한가운데서 식사 집합 소리가 들려왔다. 무장해제 당한 병사들은 소리가 나는 쪽으로 시선을 돌렸다. 죽은 자는 죽은 자이고 슬픔도 슬픔이지만 여지없이 배는 고팠다. 아직 전장이 완벽하게 정리되지 않은 상황에서도 말이다.

"뭐 하나? 배식 안 받나?"

그때 누군가가 엉거주춤하게 고개를 돌려 배식 줄을 바라보던 병사들의 어깨를 툭 건드리며 물었다.

"저, 저희들도……?"

"그래. 굶어 죽을 생각인가?"

"그, 그야……."

"전투는 끝났다. 이제 너희들은 병사가 아니고 그저 배고 픈 사람일 뿐이다."

"고, 고맙습니다."

꾸벅 고개를 숙인 병사, 아니, 사내가 자리에서 일어나 배식 줄로 향했다. 한 명이 움직이자 나머지는 자동이었다.

풍족하지는 않지만 그래도 근래 가장 만족한 식사를 할 수 있었다. 사실상 카플루스 자작이 3군 토벌대의 사령관이기는 하지만 그가 모든 권력을 행사할 수는 없었다.

각지에서 징발한 병사들이다 보니 각 귀족이나 기사들에게 병력 운용에 관한 권한을 맡길 수밖에 없었다. 때문에 카플루스 자작의 직속 병력을 제외하고는 그다지 풍족한 식사를 못하는 경우가 다반사였다.

그 이유가 바로 보급의 문제였는데 갑작스럽게 만들어진 토벌군이다 보니 세세한 곳까지 신경 쓸 여력이 부족했다.

그 폐해가 귀족이나 기사들이 아닌 가장 말단인 병사들에게 나타난 것이었다.

"남을까?"

"그럼… 반란군이 되는 건데?"

"뭐 어떠냐? 이래 치이나 저래 치이나 똑같은 것을."

존과 하트가 식사를 하며 대화를 나눴다. 이제 어느 정도 정신이 돌아오고 음식이 들어가니 여유가 생긴 것이었다.

그때 그들의 옆에서 식사를 하던 이가 입을 열었다.

"난 남을 생각이야."

"뭐?"

"정말?"

"그래."

전혀 알지 못하는 사람이었지만 이미 전장을 함께했다. 이런 곳에서 타향이 사람이고 동향 사람이고가 무슨 상관이겠는가?

"아까 들었는데 종군하면 한 달에 10실버의 월급을 준다더군. 물론 숙식을 제공하고 말이야."

그의 말에 존과 하트는 크게 놀랐다.

"죄수들이 돈을 준다고?"

존과 하트의 말에 사내는 피식 웃었다.

"말이야 바른말이지, 저네들이 우리에게 뭐 잘못한 것이 있나? 그리고 아닌 말로 돈 안 주고 부려먹는 귀족 놈들보다야 저네들이 훨씬 더 좋지."

"나도 지원할 작정이야."

또 다른 사람이 입을 열었다. 그는 여전히 입이 터져라 꾸역꾸역 음식을 집어넣고 있었다. 그러고도 말을 하는 것을 보면 대단하다고 할 수 있었다.

"왜?"

"먹을 것을 주잖은가?"

"겨우?"

"겨우라고? 겨우? 웃긴 새끼들. 너희들은 이곳까지 오는 동안 배불리 먹은 적 있었나부지? 영지에 돌아가면 배불리 먹을 수 있나부지?"

"그……."

입을 닫아버렸다.

"배불리 먹여주고 돈 버는 일인데 마다할 이유는 없지. 어차피 이래 죽으나 저래 죽으나 죽는 것은 마찬가지. 그리고 하루를 싸우든 이틀을 싸우든 한 달 치 월급은 지급된다더군."

"말도 안 돼."

"말이 되든 안 되든 상관없겠지."

그는 입에 남은 음식물을 버리듯이 쑤셔 넣고 식판을 들고 배식하는 곳으로 갔다. 마치 그동안 못 먹었던 것을 앙갚음이라도 하듯이 말이다.

그런 그 사내를 멍하게 지켜보는 존과 하트였다.

*　　　*　　　*

"도망치지 마라!"

"쫓아라!"

"우와아아!"

쫓고 쫓기는 자들.

바로 3군 토벌대의 선봉군과 그들을 유인하는 예니체리 1연대의 병력이었다.

"와하하하! 그렇게 느려서야 어디 말 꼬리라도 잡을 수 있겠더냐?"

"배때기에 기금이 좔좔 흐르는구나. 그 정도밖에 못하나?"

"저, 저놈들이……."

화가 머리끝까지 치민 기사는 정신없이 말에 채찍을 가해 달려들었고, 그것은 병사들 역시 마찬가지였다.

기사가 달리고 소대장이 달리니 안 달릴 수 없었다. 선봉 부대인 진격 대대는 미친 듯이 말을 몰아갔다.

그 뒤를 따라 본대가 움직였다. 본대 역시 선두와 거리를 유지하기 위해서는 빠른 속도로 따라 붙어야만 했다.

그것만 해도 힘든데, 잘 때마다 사방에서 소리를 내 피로는 가중시키니 짜증과 피곤이 최고조에 달하고 있는 상황이었다.

"위험합니다."

"안다."

"한데 어찌……."

"이미 오거의 목에 올라 탄 상황이다. 물러설 수 없는 상황. 그렇다면 돌진할 수밖에."

"하지만……."

"2대대를 좌측, 3대대를 우측으로 배치한다."

"명!"

뿌우! 뿌우~!

달리는 와중에 뿔 고동이 울었다. 그에 일자로 달리던 진형 이 변경되며 좌우로 벌어졌다.

그때였다.

열심히 도망만 치던 예니체리 1연대의 유인조가 반전하기 시작했다.

"와하하하! 이놈들! 드디어 포기했구나."

"포기는 무슨! 이제 시작이다! 돌겨억! 돌격하라!"

말머리를 돌린 렉사르 브리틴 부연대장이 외쳤다. 그에 그를 따라 이동하던 예니체리 군이 거대한 함성을 지르며 미친 듯이 진격 대대를 향해 쇄도했다.

"죽여! 죽엿!"

브리틴 부연대장의 곡괭이 하나가 날아갔다. 그를 향해 쇄도하던 진격 대대장은 화들짝 놀라 마상에서 드러누워 곡괭이를 피했다.

퍼억!

무언가 터지는 소리가 들려왔고 뜨뜻미지근한 무언가가 드러누운 진격 대대장의 얼굴로 쏟아져 들어왔다. 그는 황급히 몸을 돌려 일으켜 세웠다.

"이노오옴!"

노호성을 터트리며 마상 장검을 휘두르며 스치듯 지나가는 브리틴 부연대장과 진격 대대장이었다.

콰차장!

브리틴 부연대장은 시체와 함께 땅에 떨어진 곡괭이를 집어 들고 다시 말에 올라탔다.

그 사이 방향을 전환한 진격 대대장의 마상장검이 브리틴 부연대장의 머리를 스치고 지나갔고, 그는 부리나케 머리를 숙이며 마상 장검을 피해냈다.

그리고 곡괭이를 수평으로 휘둘렀다.

"크흐윽!"

진격 대대장은 화끈하게 전해져 오는 옆구리의 통증에 자신도 모르게 어금니를 꽉 깨물며 신음을 흘렸다. 슬쩍 보니 풀 플레이트 메일이 찢겨져 있었다.

이것은 완력이 아니었다. 풀 플레이트 메일은 완력으로 어떻게 해볼 수 있는 것이 아니니까.

분명 손에 마나를 담아 찢어버린 것이다. 진격 대대장은 잠시 마른침을 삼켰다.

그러다 오기가 솟았는지 이를 부득 갈며 씹어 뱉듯이 소리를 질렀다.

"오냐~ 어디 해보자!"

"상태가 말이 아닌데 어디 힘이나 쓰겠어?"

여전히 이죽거리는 브리틴 부연대장.

"죽엇!"

"그건 너에게 양보하마."

그러면서 둘이 부딪혀 갔다. 브리틴 부연대장이 반전하는 그 짧은 시간.

"우와아아!"

"쳐라앗!"

선봉 연대 본대의 좌우로 물밀 듯이 예니체리 1연대가 밀려들었다.

"당황하지 마라. 방어 대형으로!"

하지만 이미 선봉 연대는 준비하고 있었다. 병사들은 당황했지만 이미 어느 정도 언질을 받고 있었던 장교들과 기사들은 아니었다.

그들은 빠르게 방어 대형을 갖추며 적을 맞이하려 했다.

하지만.

콰아아아앙!

"우와아악!"

"커흑!"

단 한 명에 의해 그들의 시도는 산산조각이 났다.

바로 3m에 이르는 거대한 체구를 지닌 자. 양손에 2m에 이르는 배틀액스를 가벼운 나뭇가지 휘두르듯 휘두르며 진중의 한가운데에 떨어져 내리는 거인에 의해서 말이다.

"와하하하! 내가 바로 예니체리 1연대장, 불카투스 바엘가르다."

그가 휘두르는 거대한 배틀액스가 휘둘러지면 무엇이든 두 쪽으로 갈라졌다. 사람과 말, 갑옷과 무기를 구분하지 않았다.

"이익! 죽어랏!"

몇 명의 기사가 그 거대한 체구를 경계하며 득달같이 달려

들었다. 몇 명이라고는 하지만 남은 기사의 절반에 가까운 인원이었다.

그들이 한꺼번에 달려들자 병사들은 뒤로 빠졌다.

이미 자신들이 어찌해 볼 수 있는 존재가 아니라는 것을 아는 탓이었다.

콰아아앙!

배틀액스가 휘둘러졌다.

"크아아악!"

말과 함께 반으로 갈라지는 기사.

맞는 즉시 사망이었다.

간신히 접근한 기사의 검에 오러가 맺히기 시작했지만… 소용이 없었다.

터엉!

거인의 피부가 오러 스트림이 시전된 기사의 검을 그대로 튕겨내고 있었다.

"무, 무슨……"

"괴, 괴물……."

"크흐흐흐!"

바엘가르는 무슨 모기가 무느냐는 듯한 표정이었다. 그가 진득한 살소를 떠올렸다.

"피, 피햇!"

누군가 외쳤다. 하지만 그 외침을 듣고 피하기에는 바엘가르의 두 자루의 배틀액스는 너무 빨랐다.

퍼버버벅!

순식간에 피떡이 되어 죽음을 맞이하는 기사들.

"우어어어!"

"우어……."

병사들은 도망쳤다. 도저히 상대가 안 됐다. 마나를 다루는 기사조차 단 일격으로 두 쪽 내는 괴물을 어찌 일개 병사가 당해낼 것인가?

"도망가지 마라!"

"도망가는 자! 즉참할 것이다!"

기사들과 장교들의 외침에 병사들은 이러지도 저러지도 못하며 이리 몰리고 저리 몰렸다.

물러서자니 기사나 장교들의 검에 죽을 것 같았고, 앞으로 나서자니 그들보다 무서운 창칼조차 통하지 않는 괴물이 있었으니 말이다.

"크흐으으… 크하압!"

기괴한 웃음을 떠올리던 바엘가르가 그 자리에서 그대로 뛰어 올랐다. 그리고 그가 떨어져 내린 곳은 바로 선봉 연대장이 있는 곳이었다.

"저, 저……."

"연대장님을 보호해!"

"막아! 막으란 말이다!"

흩어졌던 기사들이 스팅 남작이 있는 곳으로 몰려들었고, 연대장을 호위하는 병력 역시 방패와 장창을 들어 단단하게 방어 진형을 짰다.

쿠와아앙! 콰차자장!

"쿠어어억!"

바엘가르가 떨어지며 거대한 진동이 일어났다. 그 진동에 방패의 벽을 형성했던 병사가 가랑잎처럼 날아올랐다. 단 일격에 방패의 벽이 허물어진 것이었다.

"죽엇!"

"이노오옴!"

또다시 피보다 붉은 오러 스트림이 비처럼 바엘가르를 향해 쏟아졌다.

티딩. 티디딩.

그때 기사들은 볼 수 있었다. 바엘가르의 전신을 뒤덮고 있는 기이한 문양에서 눈부시도록 밝은 빛이 터져 나왔고, 그 빛이 오러 스트림을 튕겨내는 것을 말이다.

"쿠후욱!"

튕겨지기만 한 것이 아니었다. 바엘가르의 몸에 충격을 준 것보다 더 강력한 충격이 손아귀에 전해져 왔다

몇몇 기사가 튕겨져 나가며 입에서 피분수를 뿜어냈다. 그런 기사들은 안중에도 없다는 듯이 바엘가르는 단 한 명에게 시선을 두며 입을 열었다.

"네놈이 아이작 스팅인가?"

"감히……!"

콰후우욱!

"커헉!"

스팅 남작은 순간 복부에 화끈한 충격이 전해져 옴을 느꼈다. 아니, 화끈한 정도가 아니라 내장이 조각조각 잘라지는 느낌이었다.

어느새 바엘가르의 거대한 주먹이 그의 복부를 가격하고 있었다.

"감히라는 말은 강한 자가 약한 자에게 하는 말이다. 너는 약자이고 나는 강자이다."

무언가 반박하고 싶은데 아직도 강렬한 충격에 헤어 나오지 못하고 있기에 입을 벌리는 것조차 힘든 스팅 남작이었다.

"비겁한 놈! 남작님을 놓아줘라."

한 명의 기사가 분노하며 외쳤다. 그에 바엘가르의 신형이 움직였다. 그리고 어느새 자신에게 비겁하다고 말한 기사의 머리통을 움켜쥐고 있었다.

"2만이 넘는 병력으로 5천 조금 넘는 병력을 치는 것은 비겁한 일이 아닌가?"

"끄으윽… 놔라……."

"놓아줄 거였으면 잡지도 않았을 것이다."

바엘가르의 손아귀에 힘줄이 돋아났다.

퍼억!

그러자 잘 익은 수박처럼 터져 나가는 기사의 머리. 미치도록 잔인한 손속이었다.

그는 손을 털어 내고 다시 배틀액스를 잡으며 외쳤다.

"오라!"

오연하게 서서 외치는 불카투스 바엘가르.

지금 이 순간, 그는 분노한 마왕과 다르지 않았다.

* * *

"알카트라즈에서 왔다고?"

"그렇습니다."

"죄수 치고는 당당하군."

좌우에서 팔을 억압당하고 있지만 키튼은 전혀 위축되지 않았다.

그런 키튼의 모습에 흥미를 느낀 2군 사령관 도미티우스 코르블로 자작이 손짓을 해보였다. 그에 키튼의 양팔을 억압하고 있던 기사들이 좌우로 벗어났다.

하지만 경계를 완전히 푼 것은 아닌지 결코 한 발자국 이상은 벗어나지 않았다. 또한 언제든지 발검할 수 있도록 검병에 손을 가져다 대고 있었다.

그런 기사들의 모습에 코르블로 자작은 피식 웃어버렸다.

"정찰대와 선봉 연대를 지나쳐 곧바로 본대로 온 자다. 숨어들려 했다면 언제든지 숨어들 수 있었을 것이다."

그의 말에 기사들은 잠시 헛기침을 했다. 자신들의 경계가 뚫렸다는 것에 대해 모욕감을 느낀 것이었다.

"그래, 나를 찾은 이유는?"

"서신을 전하기 위해서입니다."

"호오~ 서신이라? 보도록 하지."

코르블로 2군 토벌대 사령관의 말에 따라 키튼은 품속으로 손을 집어넣었다. 그에 기사들은 움찔하며 키튼을 노려보았다. 만약 허튼 수작이라도 하면 전신에 구멍을 내버리겠다는 듯이 말이다.

그런 그들의 모습에 피식 웃어버리는 키튼이었다.

"거참. 사람들 하고는… 내가 어쌔신도 아니고 그렇게 경계할 필요도 없는데 말이야. 그리고 분명히 말했을 텐데? 난 서신을 전하기 위해 왔다고 말이야."

"웃기는 소리. 죄수의 말을 들을 정도로 어리석은 줄 아는가?"

키튼의 고개가 모로 꺾여졌다. 그리고 자신에게 말을 한 기사를 쏘아봤다.

"이런 씨발 새끼야. 내가 가고 싶어서 갔냐? 니네들이 아무 죄도 없는 사람한테 죄를 만들어서 보냈으니까 갔지. 카아악! 열라 성질 돋게 하네."

"네, 네놈이 감히⋯⋯."

"이런 쌍놈의 새끼가. 내가 군 경력만 25년이다. 니가 코 흘리고 있을 때부터 군대에 있었단 말이다. 감히? 지랄 옆차 기를 해라. 그거 뽑기만 해봐라. 니 대가리를 뽀사 버릴 테 니."

일촉즉발의 순간이었다. 하지만 기사는 결코 검을 뽑지 못 했다. 기세 싸움에서 진 것이었다.

적진에 있음에도 불구하고 전혀 위축되지 않고 오히려 기 사를 압박하는 키튼이었다.

그에 코르블로 자작은 솔직히 감탄했다.

자신에게는 저런 기백을 가진 군인이 없었다.

'안타깝군⋯⋯.'

이것이 키튼을 바라보는 코르블로 자작의 솔직한 심정이 었다. 그러거나 말거나 그런 기사를 보며 싸늘한 미소를 떠올 리는 키튼이었다.

"용기도 없는 새끼가 유세 떨기는⋯⋯."

그러면서 품속에서 서신을 꺼내 들었다. 그리고 앞으로 걸 어 나가 코르블로 사령관의 탁자 앞에 서신을 놓고 절도 있는 동작으로 돌아 나와 원래 자신의 자리에 섰다.

코르블로 사령관은 무표정한 얼굴로 키튼이 전해준 서신 의 봉인을 뜯고 내용물을 읽어 나가기 시작했다.

그러기를 한참.

마침내 코르블로 사령관의 입이 떼어졌다.

"이 서선의 내용을 아나?"

"알 필요가 있겠습니까?"

"전혀 모르나?"

"대충은 압니다."

"어떻게 생각하나?"

"대충이라 했지 정확하게 안다고는 안했습니다."

키튼은 여전히 당당하게 자신의 할 말을 하고 있었다.

"우리와 연합을 하겠다고 써 있네."

"뭐, 머리가 나빠서 별로 할 말은 없습니다."

"그래? 그건 그렇고 어쩌다 알카트라즈에 들어갔나?"

코르블로 사령관의 물음에 슬쩍 싸늘한 표정을 지어보이던 키튼은 이내 입을 열었다.

"동계 혹한기 전술 훈련에서 6특전여단 5전대 선임상사였습니다."

"호오~ 그럼 전대장도 있겠군."

"그 양반뿐이겠습니까? 팀장까지 모두 있습니다."

"그래? 그렇단 말이지? 어쨌든 특사이니 만큼 답을 가지고 가야 하겠지?"

"그걸 말이라고 합니까?"

"쉬고 있게. 내일 중으로 답을 주지."

"시원해서 좋습니다."

키튼은 두 명의 기사에 둘러 싸여 코르블로 자작의 막사를 나섰다. 키튼이 나가는 것을 보고 있던 코르블로 자작이 나직하게 물었다.

"어떻게 생각하나?"

그의 물음에 2군 토벌대 작전참모로 임명된 리글리 스콧 남작이 조심스럽게 자신의 의견을 내놓았다.

"이간계가 아닐까 합니다."

"이간계라… 누구와?"

"그야……."

"국왕파나 중도파와는 이미 벌어질 대로 벌어지지 않았나? 그리고 국왕파 쪽에서 이번 토벌을 통해 다른 일을 획책하고 있다는 정보까지 있지. 이런 판국에 이간계?"

"그런 정보를 얻진 못했을 겁니다."

"그들이 알카트라즈에 든 지 겨우 몇 달이다. 동계 혹한기 전술 훈련으로 인한 그 후유증은 꽤 컸다. 군 내에서도 상당히 말이 많았던 사건임을 봤을 때, 그 정도를 예측하지 못했을까?"

"으음."

코르블로 자작의 예상은 정확했다.

도미티우스 코르블로 자작. 그는 뛰어난 지장이자 용장이다. 정치적인 야심도 상당했고, 군인으로서도 상당한 실력을 갖춘 자였다. 심지어 적의 계략을 간파하는데 있어서는 참모들보다 앞서는 경우도 많았다.

서자 출신이라는 것이 문제이긴 했지만 말이다.

그래서 그런지 그는 쉽게 사람을 믿지 않았다. 심지어는 자신을 따르는 참모조차도 말이다.

"제 생각으로는……."

누군가 입을 열었다. 스콧 작전참모 옆에 있던 리벨 라이오너 정보참모였다.

모두의 시선이 그에게 향하자 잠시 헛기침을 한 후 다시 입을 여는 라이오너 정보참모였다.

"나쁘지 않다고 생각합니다."

"그들의 연합제의 말인가?"

"그렇습니다. 적으로써 적을 다스리면 됩니다."

"적으로써 적을 다스린다라……."

라이오너 정보참모의 말을 되뇌는 코르블로 자작. 그러는 동안 라이오너 정보참모는 자신의 생각을 정리해서 차분하게 말을 이었다.

"사실 마나 스캐터를 해독하고 마나 억제 수갑과 족쇄를 풀 수 있다면 알카트라즈는 드래곤 레어와 같은 곳이 될 것입니다."

"그렇지. 그것이 문제지. 그리고 그들의 폭동을 성공적으로 완수하고 알카트라즈를 점령했다는 것은 그 두 가지를 해결했다는 말이 될 것이고 말이야."

"그렇습니다. 그들이 얼마나 살아남았을지 모르나 분명한 것은 결코 무시할 수준이 아니라는 점입니다. 1만의 죄수 중 5천이 살아남고 그중 단 10%의 죄수가 마나를 다룬다 해도 무려 5백 명입니다. 그들만으로도 2~3천 병사를 대신할 수 있을 겁니다. 더군다나 카이론 에라크루네스의 실력이 사실이라면 그 역시도 기백의 병력을 대신할 수 있습니다."

그랬다.

카이론 에라크루네스는 9특전여단장인 스트라이든 말코비치 자작을 기사 대전으로 제압한 사람이었다.

말코비치 자작은 익스퍼트 상급의 실력자. 그를 어떤 수작을 부리지 않고 일대일로 승리했다는 것은 상상조차 할 수 없을 정도의 실력자라는 뜻이었다.

"하면… 받아들여야겠군."

"받아들이고 저들을 이용해 1군과 3군을 쳐서 그들의 전력을 최대한 소모시켜야 합니다."

"1군과 3군을 친다?"

"그렇습니다."

"방법은?"

흥미를 보이는 코르블로 자작. 라이오너 정보참모는 차분하게 자신의 생각을 이었다.

"그들에게 병력을 빌려주면 됩니다. 아니면 그들이 작전을 펼침에 있어 이목을 속일 수 있도록 시선을 끌어주면 될 것입니다. 그나이우스 폼페이우스 자작과 마르탄 카플루스 자작은 그들에게 심대한 타격을 줄 만한 인물이기 때문입니다."

"그렇지! 좋군."

라이오너 정보참모의 말에 무릎을 치며 기뻐하는 코르블로 자작이었다.

적이 강하긴 하나 어차피 이 토벌전은 전초전이었다. 그냥 본 경기가 치러지기 전에 맛보기 말이다.

그리고 시작될 것이다. 피비린내 나는 싸움이.

"제휴를 맺지. 누가 적당할 것 같은가?"

"제가 가겠습니다."

역시 의견을 냈던 리벨 라이오너 정보참모였다. 그의 얼굴에는 자신감이 가득 차 있었다.

"엠버 가르시아와 1천의 병력을 주지."

순간 라이오너 정보참모의 얼굴이 딱딱하게 굳어졌다. 엠버 가르시아 남작. 다루기 꽤 까다로운 사람이었다.

골수 귀족파이자 기사인 자. 라이오너 정보참모는 슬쩍 명을 내린 코르블로 자작을 바라보았다.

코르블로 자작은 그런 자신을 바라보며 설핏 웃음기를 띠고 있었다.

'나를 시험하는 것인가?'

분명 그러했다. 코르블로 자작은 그 누구도 믿지 않는다.

그 자신이 뛰어난 두뇌를 가지고 있기 때문이었다.

그리고 이것은 라이오너 정보참모의 생각처럼 시험이 맞았다.

그 정도의 인물조차 다루지 못하면 작은 일은 모르나 큰일을 같이 도모할 수 없는 그런 존재로 인식될 것이다.

그에 라이오너 정보참모는 코르블로 자작에게 군례를 올리며 단호하게 외쳤다.

"주군의 뜻대로 모든 것이 이루어질 것입니다."


그 순간, 멀지 않은 막사에서 한 발자국도 움직이지 않고 조용히 눈을 감고 있던 키튼 알카트라즈의 입에 진득한 미소가 떠올랐다.

"새끼들… 꼭 대가리 좋은 놈들은 지들이 제일 잘난 줄 안단 말이야."

# 제4장

그들의 사정

*Warrior*

　키튼을 선두로 삼고 그 뒤를 리벨 라이오너 정보참모와 엠
버 가르시아 대대장이 따랐다.

　오로지 그 셋만 말을 타고 있었고, 나머지 1천의 병력은 보
병으로서 창과 방패, 그리고 검으로 무장하고 있었다.

　그들이 접어든 곳은 코트우드 지역으로 지역 전체가 높지
않은 산이나 개천으로 이루어진 곳이었다. 그래서 그런지 이
곳은 사시사철 맑은 날에도 안개가 끼어 있어 별칭으로 미스
트 우드라고 불리기도 했다.

　리벨 라이오너 정보참모는 기분 나쁜 듯 인상을 찌푸리며
나직하게 투덜거렸다.

"미스트 우드라니. 누군가 지명은 참 잘 붙였군."

"맞아. 그런데 괜히 기분이 나쁘군."

라이오너 정보참모의 말을 받는 가르시아 대대장이었다. 그 역시 기분이 안 좋았다. 아니, 이 숲 때문에 기분 나쁜 것이 아닌 이 작전 자체가 기분 나빴다.

아무리 작전이라고 한들 어찌 죄수들과 연합을 한단 말인가?

"이 길이 맞나?"

그는 앞서 가는 키튼의 등을 보며 물었다.

"원래 이쪽 길을 통하려 하지 않았던가?"

"이……."

턱!

키튼의 말에 분을 참지 못하는 가르시아 대대장을 제지한 라이오너 정보참모는 살짝 놀란 눈동자를 해보였다. 정확히 맞췄던 것이다.

"놀라기는. 내가 어느 길로 2군 토벌대에 도착했다고 생각하는데?"

"크음."

키튼의 말에 둘은 괜한 헛기침을 해보였다. 그들은 아직도 키튼을 죄수로서 취급할 뿐, 그가 바이큰 족과 전쟁을 치르는 최전방에서 25년간 복무해 온 군인이었다는 것을 인식하지 못하고 있었다.

"오늘은 여기에서 쉬어야겠군."

키튼의 말에 라이오너 정보참모와 가르시아 대대장이 사방을 둘러보았다.

"멜빈 1중대장! 주변을 정찰하라."

"명!"

그때 키튼은 이미 말에서 내리고 있었다.

그가 말에서 내리는 모습은 조금 이상해 보였는데, 손목에 마나 제어 수갑이 채워져 있었기 때문이었다.

코르블로 자작은 정보참모와 1천의 병력을 내주면서 키튼의 몸에 제약을 가했다.

바로 마나 억제 수갑.

키튼은 별말 없이 수락했다. 믿지 못하는 것이 당연한 것이니까.

자신은 일반병이 아닌, 지휘관급이니 당연히 볼모로서 효용이 있을 것이다.

하지만 키튼은 수갑은 신경 쓰지도 않고 속으로 쓴 입맛을 다시고 있었다.

2군 전체를 끌어들이지 못하고 고작 1천의 병력을 끌어들인 것이 다였으니까 말이다. 물론, 이 1천의 명목상 지원군과 얼마 떨어지지 않아 2군 선봉 연대가 있지만 겨우 3천 정도일 뿐이었다.

적의 눈을 속이는 것까지는 좋았는데 쉽게 넘어오지 않았다. 역시 전장의 여우 도미티우스 코르블로 자작이었다. 하지만 그래도 키튼은 스스로를 칭찬했다.

7천의 병력 중 3천을 끌어 들였으니 나름 선방한 것이니까 말이다.

그는 자신의 손에 채워진 마나 억제 수갑을 멀거니 바라보았다. 그러다 입맛을 쩝 다셨다.

'벗어나나 싶더니 또냐?'

문제될 것은 없었다. 알카트라즈에서도 착용했었고 스스로 마나 억제 수갑을 파괴해 본 적도 있으니 말이다.

단지 그것을 모르는 이자들에겐 치명적인 실수로 다가가 겠지만 말이다.

"불편한가?"

"질리도록 착용했는데 불편하기는……."

"큭! 하긴 그렇기도 하군."

"그래도 뒷간은 좀 불편하긴 해. 이게 뒤처리하는 게 영 옹 색하거든?"

"그건 어쩔 수 없다."

"그냥 그렇다는 거지."

그를 담당하는 병사에게 시답지 않은 농담을 하는 키튼이었다.

그나마 그의 신분을 생각해서 한 개 조가 그를 담당했다. 명목은 그의 편의를 위함이었다.

하지만 그들은 키튼을 특사로 대접하지 않았다. 그냥 그들이 감시하는 죄수 중 한 명일뿐이었다. 그래서 말을 올리지도, 혹은 군인으로서 대우하지도 않았다.

그저 특명이 내려짐에 그 특명대로 기계적으로 움직일 뿐이었다.

그리고 그들은 키튼을 감시하는 일선 조원일 뿐이었다. 그 주변으로 다시 세 개 조가 도사리고 있었다. 한마디로 키튼을 감시하기 위해 무려 한 개 소대가 동원된 것이었다.

알카트라즈로 치면 초특급 죄수인 셈이었다.

땡그랑!

그의 앞으로 쇠로 된 식판이 던져졌다. 스프가 튀고 나이프와 포크가 제멋대로 뒹굴었다. 빵은 이미 바닥에 떨어진 지 오래고 말이다.

"뭐냐?"

키튼이 고개를 들어 식판을 던진 자를 바라봤다.

식판을 던진 자. 즉, 키튼을 감시하는 감시 소대 소대장인 제레미아 라이트 소위였다. 그는 기분 나쁜 웃음을 떠올리며 키튼을 바라봤다. 그리고 씹어 삼키듯이 입을 열었다.

"죄수 새끼한테 이 정도도 과분한 거 아닌가?"

키튼은 그 소리에 피식 웃으며 나이프와 포크, 그리고 땅에 떨어진 식빵을 주워 식판에 담았다.

"너 자꾸 그러면 피똥 싼다."

"뭐?"

"귓구멍 막혔냐? 피똥 싼다고."

"이런 개……."

그 순간이었다. 조용하게 경고하던 키튼의 신형이 움직인 것은.

그 움직임이 얼마나 빠른지 주변에서 경계를 하고 있음에도 키튼이 일어나 마나 억제 수갑에 달린 쇠사슬로 라이트 소위의 목을 휘어 감는 것을 막을 수 없었다.

"커허억! 컥!"

"내가 말했지. 피똥 싼다고."

"머, 멈춰!"

순간 40명의 소대원이 일제히 검과 창을 꺼내들고 키튼을 향해 겨눴다. 하지만 키튼은 전혀 그럴 생각이 없었다.

"나는 분명히 특사다. 이 마나 억제 수갑 역시 내 스스로 착용한 것이지. 그리고 네놈이 태어나지도 않았을 때부터 난 군대 생활을 하고 있었다. 한 번만 더 그 싸가지 없는 입을 놀리면 이 정도로 끝나지는 않을 게다."

그렇게 말을 하며 키튼은 쇠사슬을 푸는 즉시 라이트 소위를 앞으로 밀어버렸다.

"케헤엑! 크헥! 쿨럭! 쿨럭!"

그에 라이트 소위는 중심을 잡지 못하고 앞으로 튕겨져 나가며 자신의 목을 쓰다듬었다.

"이… 이……"

그때 분을 참지 못하는 라이트 소위를 보며 키튼은 두 손을 들어 눈높이에 쇠사슬을 둔 채 입을 열었다.

"원한다면 죽여주지."

은빛 쇠사슬 속에서 키튼의 날카로운 눈초리가 라이트 소위를 정면으로 쏘아보고 있었다. 그에 라이트 소위는 마른침을 삼키며 뒤로 물러났다. 전신을 짓누르는 듯한 기세에 정신을 잃을 정도였다.

"새끼. 죽기는 싫은 모양이네."

그렇게 말을 하면서 다시 자리에 앉아 태연하게 빵과 스프, 그리고 흙이 조금 묻은 스테이크를 툭툭 털어 씹어 먹었다.

그 모습에 그에게 창칼을 들어 견제하던 병사들은 질린 얼굴을 하며 슬금슬금 뒤로 물러났다.

키튼은 빵과 고기, 그리고 스프를 꼭꼭 씹어 먹었다. 마치 성대한 의식을 치르듯이 말이다. 그가 식사를 마친 시간은 정확히 식사가 배달된 1시간 후였다. 그동안 그 누구도 그에게 말을 걸지 않았다.

성질 더럽다는 것을 알았고, 마나 억제 수갑을 착용했지만 그 실력이 결코 만만치 않다는 것을 알았기 때문이었다.

"치워라."

그에 한 명의 병사가 와 부리나케 식판을 챙겨 갔다. 그러자 키튼은 그대로 드러누워 버렸다.

이놈들은 자신에게 천막을 쳐 줄 생각조차 하지 않고 있었지만, 야전에서 이 정도의 숙영은 거의 밥 먹듯이 했으니 상관없었다.

그는 눈을 감았다. 그대로 잠이 든 것이었다.

병사들은 기도 차지 않았다. 먹은 지 얼마나 됐다고 드러눕자마자 잠이 들다니. 대단한 강심장이라는 것만은 확실했다.

병사들은 고개를 절레절레 저으며 각자 위치로 돌아갔고, 이내 사방은 적막이 감돌았다.

얼마나 시간이 지났을까?

부스럭!

키튼이 일어나 앉았다. 병사들은 방심했는지 자신을 지킬 생각조차 하지 않고 잠들어 있었다. 경계병마저 말이다.

키튼은 새하얗게 웃으며 자리에서 소리 없이 일어났다. 그리고 입을 오므려 휘파람을 불었다.

"휘이익! 휙!"

어찌 들으면 밤새의 울음 같기도 하고 어찌 들으면 바람 소리 같기도 한 휘파람 소리가 적막한 밤하늘을 가로질러 어느 곳에 도달했고, 그 소리를 들은 어둠이 서서히 일렁이며 움직였다.

자세히 보지 않는다면 숲이 움직이는 것 같은 착각을 불러일으킬 정도로 완벽하게 위장한 일단의 무리.

그 가장 선두에는 거대한 체구의 두 명이 움직이고 있었다. 예니체리 사단의 사단장인 카이론과 1연대장인 불카투스였다.

휘파람 소리가 들리는 순간 카이론의 신형은 더욱더 빨라졌다. 그를 따라 갈 수 있는 자는 여기에서 불카투스밖에 없었다. 빠르게 달리는 둘의 모습은 그야말로 입이 떡 벌어질 정도였다. 마치 땅을 접어서 이동하는 것 같았다.

그리고 촌각의 순간 그들은 이미 키튼이 있는 곳에 당도해 있었다. 그에 카이론과 불카투스는 빠르게 달리던 걸음을 멈추고 키튼이 있는 곳으로 진입했다.

카이론은 언월도를 어깨에 걸치고, 불카투스는 거대한 배틀액스를 양손에 쥐고 말이다.

저벅! 저벅! 저벅!

그들은 일부러 걸음 소리를 크게 냈다. 모두가 알아차릴 수 있도록, 모두가 잠에서 깨어날 수 있도록.

그리고 적들은 그들의 바람대로 소란스럽게 깨어나고 있었다.

"저, 적이다!"

"기상! 기사앙!"

일천의 병사가 정신없이 움직이며 둘을 맞이했다.

카이론은 그런 병사들은 안중에도 없다는 듯이 무심하게 걸음을 옮겨 키튼이 있는 곳으로 다가갔다. 카이론이 자신에게 걸어오자 어기적거리며 걸음을 옮긴 키튼.

"그건 뭔가?"

"이놈들이 못 믿겠다고 채웠지 말입니다."

"받을 수 있겠나?"

카이론은 왼손에 쯔바이한더를 들어보였다. 그에 키튼은 흰 이를 드러내며 웃었다. 그리고 양손에 힘을 주고 당겼다.

짜자작! 쩌엉!

그러자 마침내 키튼의 양손을 억제하고 있던 마나 억제 수갑을 연결하는 쇠사슬이 두 동강 나고, 팔목에 찬 두툼한 수갑이 도자기 깨지듯 깨져 나갔다.

그에 카이론은 그에게 쯔바이한더를 던져 주었다.

"수고했다."

"무슨 수고랄 것까지야."

적진의 한가운데에서 참으로 한가한 말을 내뱉은 그들이었다.

그때 라이오너 정보참모와 가르시아 대대장이 대대 참모와 중대장들을 이끌고 그들을 둥글게 에워싼 가운데로 나섰다.

"네놈들은 누구냐?"

그중 공명심이 강해 보이는 쥐상의 중대장이 앞으로 나서며 험악하게 외쳤다. 카이론이 그 소리가 들리는 곳으로 몸을 틀었다.

그러자 중대장은 찔끔하는 얼굴을 했다. 웬만하면 그냥 받아넘길 것이나 이건 해도 해도 너무했다.

2m가 넘어가는 괴물과 3m가 넘어가는 괴물이라니. 수를 믿고 용기를 내어 외쳤지만 실제 그 둘의 시선을 받으니 오금이 저리는 것은 말할 필요조차 없었다.

"예니체리 사단의 사령관."

"예니체리?"

카이론의 말에 되묻는 가르시아 대대장. 그가 성큼 걸음을 내디디며 입을 열었다.

"죄수들 주제에 건방지군."

그의 말을 들은 카이론은 고개를 모로 꺾어 키튼을 보며 입을 열었다.

"서신을 전하지 않았나?"

그에 키튼은 어깨를 으쓱해 보이며 입을 열었다.

"저 새끼들은 상명하복이 뭔지 모르는 갑니다. 여기 사령관이 분명 나를 특사로 인정한 모양인데 말입니다. 저기 허여멀건 소대장 놈은 내 식판을 집어 던집디다."

키튼의 고자질에 카이론의 시선이 잔뜩 긴장하고 있는 소대장을 바라보았다. 그러다 나직하게 입을 열었다.

"특사에 대한 명예 훼손."

소대장은 얼굴이 하얗게 변했다.

카이론은 그런 소대장은 이미 관심 밖이라는 듯이 자신의 앞으로 걸어 나온 가르시아 대대장을 바라보며 입을 열었다.

"너희들은 아직… 준비가 안 되어 있군."

"준비?"

"난 분명히 밝혔다. 연합이라고."

"가당찮은 소리. 명예로운 기사가 어찌 죄수들과 연합할 수 있단 말인가?"

분노에 가득한 가르시아 대대장이었다. 그 모습을 지켜보던 라이오너 정보참모는 고개를 저을 수밖에 없었다. 그동안 라이오너 정보참모는 가르시아 대대장과 상당히 친해지고, 잘 구슬렸다고 생각했다.

하지만 아니었다. 그는 오롯한 귀족이자 기사이며 군인이었다.

결코 죄수와 평민들에게 자비로운 사람이 아니었다. 경계를 허물고자 하는 자를 지극히 혐오하는 극단적인 성격이 지금 이 자리에서 다시 드러나고 있었다.

"가르시아 대대장!"

라이오너 정보참모가 격하게 외쳤다. 그런 정보참모를 차갑게 노려보는 가르시아 대대장.

"나는 자랑스러운 기사이자 귀족이며, 일군을 이끄는 지휘관이오. 그 사유가 어찌되었든 이들은 죄수들. 그 죄수들과 고개를 빳빳하게 세우고 연합해야 한다니, 말도 안 되는 말이오. 우리는 귀족! 귀족이란 말이오!"

"사령관 각하의 명을 어길 셈이오?"

"이것이 정말 사령관 각하의 진정한 의도란 말이오?"

"그러하오."

"난… 나는 인정할 수 없소."

강경하게 입을 여는 가르시아 대대장. 그 역시 당시 막사에 같이 있었던 귀족이었다. 그래서 설득이 가능하고 다룰 수 있을 것이라 여겼다.

하지만 그것은 라이오너 정보참모의 크나큰 실책이었다.

가르시아 대대장. 그는 그가 생각하는 이상으로 독선적인 사람이었다.

이미 연합은 틀렸다.

'내가 그를 잘못 판단하고 있었구나……'

그리고 그의 걱정은 바로 현실로 드러났다.

"연합은 없다."

"흥! 당연한 것이다. 너희들은 본 대의 노예일 뿐."

당연하다는 듯이 턱을 치켜드는 가르시아 대대장. 그는 참으로 우물 안의 개구리 같은 자였다. 스스로의 생각에 잠겨들어 주변 상황을 인지하지 못하는 그런 자 말이다.

그에 대한 판단을 다시 하고 있을 그 순간, 라이오너 정보참모는 무언가 번쩍이는 것을 볼 수 있었다.

슈칵!

그와 동시에 무언가 잘려 나가는 듯한 소리가 들려왔다. 라이오너 정보참모는 부지불식간에 자신의 앞에 있던 가르시아 대대장을 바라보았다. 가르시아 대대장은 전혀 움직이지 않고 있었다.

그때 라이오너 정보참모는 가르시아 대대장의 목에 붉은 선이 생기는 것을 보았다. 그리고 그 선에서 붉은 방울이 맺히는 것도.

그 순간이었다.

푸화아악! 후두두둑!

가르시아 대대장의 목이 미끄러지듯 흘러내리며 핏물이 라이오너 정보참모의 얼굴을 덮쳤다. 그럼에도 라이오너 정보참모는 꼼짝할 수도 없었다. 비릿한 혈향이 코를 간질이고 방울져 턱 아래로 떨어졌다.

"나, 나는……."

"항복하라. 그러면 살려주지."

"너, 너 이노오옴!"

"쳐, 쳐랏! 죽이란 말이다!"

가르시아 대대장의 죽음에 잠시 공황 상태에 빠져 있던 중대장과 소대장들이 외쳤다. 하지만 그들의 소리보다 더 큰 함성이 있었으니.

"와아아아!"

"예니!"

"체리!"

그들을 사방으로 둘러싸 등장하는 병력. 완벽하게 포위되었다.

그 수는 무려 7천. 그리고 그 포위를 뚫고 걸어 나오는 이가 있었으니 바로 마르탄 카플루스 자작이었다. 중대장 중 한 명이 카플루스 자작을 알아보았다.

"마르탄 카플루스 자작······."

걸어 나오던 카플루스 자작의 시선이 그에게로 향했다.

"관등성명."

"배덕한 자 따위에게 밝힐 관등성명은 없소."

중대장의 말에 설핏 입꼬리를 말아 올리는 카플루스 자작이었다.

"배덕이라··· 지금은 그렇겠지."

"감히 귀족으로서 어찌 죄수들에게 굴복한단 말이오?"

중대장의 호통에 카플루스 자작은 그에게로 걸어갔다. 중대장은 잠시 당황했지만 여전히 꼿꼿하게 카플루스 자작을 바라보았다.

그의 바로 코앞까지 다가간 카플루스 자작. 그가 조용하게 입을 열었다.

"그 귀족이라는 허울 때문에 나는 아내를 잃어야 했고, 아들을 장인의 손에서 키워야 했으며, 생명의 은인을 알카트라즈로 보내야만 했다. 인간이라면 그래서는 안 되는 것이다. 아내를 지켜야 하고, 아들을 교육해야 하며, 생명의 은인을 목숨으로써 지켜야 했다. 그것이 내가 아는 귀족이고 인간이며 기사이다."

"그……."

"들어라!"

카플루스 자작의 말에 중대장은 말을 삼켜야만 했다. 스산하게 다가오는 카플루스 자작의 기세에 침습당해 절로 움츠러들었기 때문이었다.

"죄수라 했더냐? 현자의 탑의 당대 수장이었으나 제자들의 배신을 맛본 스키피오 아프리카누스, 단지 명령에 따르지 않고 3천에 이르는 양민을 구했다 해서 명령 불복종으로 군법회의에 회부된 게오르그 주코프 대위, 자신의 아내를 간살한 슈라벤의 메르테 자작을 살해한 에르빈 롬멜 남작, 단지 다르다는 것으로 일족은 전멸당하고 홀로 1백 년을 감옥에서 지내야 했던 불카투스 바엘가르."

그는 한 자 한 자 힘을 주어 말했다.

"그들이 죄수인가? 정당했다. 정당했음에도 더 큰 권력에 의해 희생되었다. 너 또한 마찬가지다. 너희들이 그리도 믿고 따르는 도미티우스 코르블로 자작은 지금쯤 은밀히 움직이는 귀족군과 합류해서 왕도로 회군하고 있을 것이다."

"무슨……."

콰악!

"커흑!"

카플루스 자작은 한 손으로 중대장의 목을 움켜쥐며 입을 열었다.

"들으라 했다. 나는 여전히 귀족이고, 일군을 호령하는 사령관이다. 지금 너의 항변은 너희들의 논리에 따르면 항명이자 귀족의 명예를 실추시켰음에 알카트라즈 10년 형임을 잊지 말라."

맞다. 항명이다. 어쨌든 카플루스 자작은 사령관이었고 귀족이었으니까.

"그들이 이곳을 포기하고 왜 왕도로 향했을까? 그래, 맞다. 그대들이 짐작하는 그대로이다. 국왕파의 토벌대를 이끄는 그나이우스 폼페이우스 자작 역시 이 시간이면 미친 듯이 왕도로 향하고 있을 것이다. 반역을 잠재우기 위해서. 따라서지금 이 순간 너희들은 반란군에 소속되어 있는 것이다. 우리는 그 반란군을 토벌한 거지."

그 말과 함께 중대장을 휙 던져 버리는 카플루스 자작이었다. 그리고 카이론의 앞으로 가 군례를 올리며 외쳤다.

"명을!"

카이론은 언월도를 어깨에 걸쳤다. 그리고 걸음을 옮기며 입을 열었다.

"항복하지 않으면 벤다. 포로 또한 필요 없다. 원한다면 종군을 허용하되 원하지 않으면 소개시킨다."

"명!"

조용한 카이론의 말이었지만 지금 이 넓은 곳에서 그의 목소리를 듣지 못한 자는 없었다.

가장 뒤에 있던 누군가가 무기를 조심스럽게 내려놓았다. 그것을 시작으로 한두 명씩 무기를 놓기 시작해, 종내에는 마른 들판에 불이 번지듯 무기를 내려놓았다.

"무, 무슨 짓들이냐!"

"무기를 들어! 무기를 들……."

투둑!

급하게 외치던 두 명의 장교의 목이 떨어져 내렸다. 그에 항복은 더욱더 빨라졌다.


별다른 손실도 없이 1천의 병력을 항복시켰다. 카이론을 따라 일단의 병력이 사라지고 맥그로우 본부연대장은 그 자리에 남아 병력을 분리하기 시작했다.

그녀의 표정은 마치 가면을 씌워놓은 듯 무표정했다. 그녀의 뒤에는 장대한 체구의 멋진 회백색 수염을 지닌 기사가 서 있었다.

그녀는 전장을 정리하는 모습을 지켜보았다.

맥그로우 연대장은 눈을 감았다. 며칠 전 있었던 참혹한 전투의 한 장면이 떠올랐다.


5천 중 죽은 자는 겨우 4, 5백 명 정도였다. 하지만 참담했다. 머리가 쪼개지고, 내장이 튀어나오고, 핏물이 질척하게 엉겼다.

깊은 구덩이를 파고, 죽은 자들이 가진 모든 것을 빼내고, 오로지 중요한 부위 하나만 가린 채 구덩이에 던지고 불을 질렀다.

검은 하늘보다 더 검은 연기가 치솟아 하늘을 가렸고, 매캐한 연기가 코의 감각을 상실시켰다.

처음이었다.

두 손으로 검을 잡아 사람의 뼈와 살을 가르는 게 말이다. 전투가 끝났을 때, 그녀는 온통 핏물과 살점, 그리고 뇌수로 흠뻑 젖어 있었다.

미친 듯이 베고 또 베고 나니 어느덧 전투가 끝나 있었다.

그녀는 남들이 모두 잠든 시간 홀로 숲 속의 맑게 흐르는 냇가를 찾았다. 그리고 토했다.

"우웨에엑! 커억! 컥! 우웨에엑!"

마치 속에 있는 모든 것을 꺼내듯이 토해냈다. 콧물과 침, 그리고 눈물이 뒤엉켜 진득하게 흘러 내렸다.

그녀는 멈출 수 없었다. 자신은 강해진 줄 알았다. 절대 나약하지 않다고 생각했다.

그런데 아니었다. 도저히 감당할 수 없는 첫 전투는 상상 이상의 전율과 공포, 그리고 두려움을 가지고 왔다.

그녀는 토하고 또 토했다. 속에서 신물이 나올 때까지 토하곤 지쳐 냇가에 몸을 뉘일 수밖에 없었다.

눈에서 눈물이 흘러내렸다. 하지만 차게 흐르는 물과 함께 그녀의 풀 플레이트 메일에 묻은 피와 살점이 뇌수와 함께 씻겨 내려갔다.

그러기를 한참. 그녀는 힘들게 몸을 일으켜 세웠다. 희고 가늘며 아름답기까지 한 손가락이 보였다. 그토록 오랫동안 미친 듯이 휘둘렀던 그 손이었다. 하나, 굳은살은커녕 단 하나의 생채기조차 보이지 않았다.

손가락의 마디가 툭툭 붉어지고, 노란 굳은살이 박힌 거칠고 투박한 아버지의 손을 원했으나 자신의 손은 여전히 나약하기 그지없었다. 손이 핏기 하나 없이 덜덜 떨리고 있었다. 그녀는 무릎을 끌어안았다.

한참의 시간이 흐른 후 인기척이 들려 그곳으로 시선을 돌렸을 때 중년의 기사가 서 있었다.

요제프 제르프. 아버지와 같은 자.

아버지의 명으로 인해 호위기사로 임명되었고, 평생 그녀의 곁에서 떠난 적이 없는 기사.

그가 말없이 거친 담요를 옆에 둔 채 그녀를 기다리고 있었다. 그녀는 그를 보자 자리에서 일어나 비척이며 그에게 다가갔다. 그리고 품에 안겨 들었다.

그는 담요로 그녀를 감쌌다.

"수고하셨습니다."

"…무서웠습니다."

"저 또한 그랬습니다."

"내가 할 수 있을지 겁이 납니다."

"돌아가시겠습니까?"

"…나에게 돌아갈 곳이 있던가요?"

제르프 호위기사의 말에 그녀는 담요를 두른 채 그의 곁을 스치듯 지나가며 걸음을 옮겼다.

"나는 더 강해질 필요가 있습니다."

"……."

강경하게 말하는 가녀린 그녀의 뒷모습을 보며 측은하고 안타까운 표정을 짓는 제르프 호위 기사였다.

"내가… 그날 그 자리에 있었어야 했는데……. 어쩌다가… 대체 어쩌다가……."

그는 스스로를 자책하듯 그 말만 되뇌었다.

"그날 일은 아저씨 탓이 아닙니다. 제가, 제가 약했기 때문에 일어난 일입니다. 자책하지 마시길……."

그녀는 그 말을 남기고 다시 걸음을 옮겼다. 그녀는 더 이상 떨지 않았다. 제르프 호위 기사가 줬던 담요마저 흘러내려 바닥에 나뒹굴었다.

자신의 막사로 걸음을 옮기던 캐슬린 맥그로우 5대대장. 그녀의 걸음이 흠칫 멈춰 섰다. 어둠 속에서 느껴지는 거대한 존재감 때문이었다. 그녀가 가는 곳에서 한 명의 사내가 걸어오고 있었다.

"…대대장은 아직 준비가 되어 있지 않군."

카이론 에라크루네스. 그가 그녀의 옆을 스쳐 지나가며 나직하게 입을 열었다.

그녀는 얼어붙은 듯 그 자리에 서 있을 뿐이었다. 그가 자신을 지나 어둠 속에 완전히 사라졌을 때, 그녀의 차가운 얼굴이 잠시 꿈틀거렸다.

'그가… 보고 있었던가? 처음부터 끝까지?'


한 줄기 바람이 불어왔다. 바람이 부드럽게 그녀의 머리를 쓸어감에 회상에서 현실로 돌아온 맥그로우 연대장이었다.

"보고하도록!"

어느새 그녀의 곁에는 마샬 부연대장이 다가왔다.

항복한 병력은 세 부류로 나눠져 있었다. 중앙 병력이 가장 많았고, 다음은 좌측, 다음은 우측이었다. 우측의 대부분은 지휘관이거나 기사들이었다.

"좌측은 복귀하고자 하는 자들입니다."

"일주일 치 식량을 주고 소개시킨다."

"알겠습니다."

"중앙은 총 514명으로 종군을 원하는 자들입니다."

"본부연대로 포함시킨다."

"명을 받듭니다. 그리고……"

먀살 부연대장이 말을 흐리자 맥그로우 연대장이 검을 들고 자리에서 일어섰다.

그녀의 검은 클레이모어였다.

도저히 여자가 휘두를 수 있는 무기가 아니었다. 거기에 그녀가 든 클레이모어는 길이만 2m에 무게는 10kg은 족히 나갈 법한 무기였다.

그녀가 아무리 180㎝의 신장을 가지고 있다고는 하나 전혀 어울리지 않은 기묘한 검이었다.

그녀는 그런 클레이모어를 질질 끌고 가장 우측에 포로가 있는 곳으로 이동했다. 살아남은 지휘관들과 기사들의 시선이 일제히 그녀에게로 향했다.

"캐슬린 맥그로우……."

그중 한 명이 그녀를 아는 듯 답답한 음성으로 말을 흐렸다. 그녀의 차가운 눈동자가 자신의 이름을 흐리는 중대장에게로 향했다. 그녀가 걸음을 그에게로 옮겼다.

"앞? 뒤?"

그녀의 말은 지극히 간단했다. 하지만 여기 있는 이들 중 그 의미를 못 알아듣는 이는 없었다.

"변했… 군."

그녀를 알아본 중대장이 입을 열었다.

꿈틀.

미간을 모은 그녀는 그 중대장의 정면에 서 클레이모어를 들어 그대로 찔렀다.

푸욱!

"컥!"

중대장의 눈이 커지면서 입이 쩍 벌어졌다. 그녀가 내지른 클레이모어는 중대장의 뒤통수까지 삐져나와 있었다. 그녀의 검신을 타고 검붉은 핏물이 서서히 흘러내렸다.

"네놈 따위의 입에서 거론 될 이름이 아니다."

쑤욱! 푸화악!

그녀가 검을 회수함과 동시에 핏물이 뿜어져 나오며 중대장은 나무토막처럼 힘없이 뒤로 넘어갔다. 그녀는 가볍게 클레이모어를 휘둘러 핏물을 털어내고 부연대장에게 명을 내렸다.

"참수한다."

"명!"

"이, 이럴 수는 없소!"

"우리는 기사란 말이오."

하지만 그들은 그녀로부터 아무런 말도 들을 수 없었다. 그들의 뒤에서 대기하고 있던 병사들이 지체 없이 단검을 그어 그들의 목을 베어버렸기 때문이었다.

그 모습을 지켜보던 프라이머와 미켈슨 등이 고개를 절레절레 저으며 한결같이 입을 열었다.

"여자 카이론이 탄생했구만."

"내 말이……."

"걸리면 뒈지겠다."

"그러게……."

*  *  *

"르위스 공작과 유린 후작이 검을 거꾸로 들었사옵니다."

"이미 경이 예측했던 바가 아니오?"

"최종 인가가 필요하옵니다."

"주시오."

카테인 국왕은 두말하지 않고 칙령에 인장을 찍었다.

"카테인 왕국은 영원할 것이옵니다."

카테인 왕국의 재상인 앤드류 마샬 후작이 국왕의 개인 집무실에서 벗어났다. 그 모습을 끝까지 지켜보는 라파에트 카테인 국왕.

재상이 집무실의 문을 열고 나가고 한참 동안 집무실의 문을 평온하게 지켜보던 라파에트 카테인 국왕의 얼굴이 서서히 일그러지기 시작했다.

"하아! 이 일을……! 이 일을 어찌할꼬……."

그의 입에서 탄식이 터져 나왔다. 그 순간 그의 얼굴은 10년은 더 늙어 보였다.

자글자글한 주름과 탄력을 잃은 피부. 하얗게 변한 머리카락과 수염. 마치 죽을 날이 얼마 남지 않은 늙은이와 같은 모습이었다.

그때 추운 겨울을 건디기 위해 마련한 벽난로의 한쪽 면이 소리 없이 밀리더니, 그 속에서 한 명의 사내가 모습을 드러냈다.

라파예트 카테인 국왕은 시선을 돌리지도 않았다. 그가 누구인지 짐작하고 있는 모양이었다.

"카테인 왕국의 유일한……."

"그만! 되었네."

"하나……!"

"그런 허례를 받자고 이 자리에 있는 것은 아니네."

"알겠습니다."

극존칭에서 약간은 가볍게 말투가 변했다. 하지만 라파예트 카테인 국왕은 별로 개의치 않는 표정이었다.

"귀족파와 중도파가 움직였네."

"재상이 움직이겠군요."

"방금 나갔네."

"회의를 소집해야겠군요."

"그 전에 친구로서 자네의 의견을 듣고 싶네."

라파예트 카테인 국왕이 돌아서며 강렬한 눈빛으로 사내를 바라보았다. 지금 그의 눈앞에는 30년 동안 어둠 속에서 자신을 지지해 온 유일한 친우인 알프레드 슐리펜이 있었다.

그는 자리를 권했고, 알프레드 슐리펜은 자리에 앉았다.

"지금 우리가 이용할 수 있는 전력은 알카트라즈에서 폭동을 일으킨 죄수들밖에 없네. 아직 우리는 준비가 되어 있지 않네."

국왕과 편하게 대화를 하는 알프레드 슐리펜이었다. 그런 그에게 진한 향기를 내는 술을 따르는 라파예트 카테인 국왕이었다.

술잔을 든 알프레드 슐리펜은 자신의 생각을 밝히기 시작했다.

"폭동의 주동자는 비수 진지를 개척하고 6특전여단의 5전대장을 역임한 카이론 에라크루네스로, 귀족파의 신예인 수아레스 에라크루네스의 이복동생이네."

"능력과 실력이 된다는 말이로군."

"그렇지."

"그럼 토벌은 실패하겠군. 뭉치지 않는 한은 말이야."

라파예트 카테인 국왕은 그렇게 평가했다. 토벌대의 사령관은 훌륭했다. 다들 명장으로 이름이 높은 자들이니 말이다. 하지만 토벌대의 사령관이 훌륭하다고 해서 편성된 병력이 정예라고 판단할 수는 없었다.

이미 국왕파나 귀족파, 그리고 중도파는 이 토벌대가 어떤 기점이 될 것임을 알고 있었다.

서로가 서로를 잡아먹지 못해서 으르렁거리고 있는 상황

에서 토벌대는 병력을 모을 수 있는 절호의 기회가 된 셈이었다.

하지만 토벌대에 정예 병력은 투입하지 않았다.

그들은 알카트라즈의 폭동을 언제든지 제압할 수 있는 수준이라 보고 있었다. 폭도가 알카트라즈를 점령했다고 해서 대세에 어떠한 영향을 줄 수 있을 것이라고는 손톱의 때만큼도 생각하고 있지 않았다.

그들은 그저 패배자일 뿐이고 죄수였으며, 제거된 그런 존재들일 뿐이었고, 설사 요행히 마나 억제 수갑이나 족쇄를 끊어내고 폭동을 성공적으로 이끌어 알카트라즈를 점령했다 하더라도 그들의 한계는 거기까지였다.

바로 마나 스캐터라는 존재 때문이었다. 마나 스캐터를 해약할 수 있는 방법이 없기 때문이었다. 그것은 오로지 왕실 마탑에서만, 혹은 왕실에만 은밀하게 전해져 내려오는 비법이니 말이다.

그래서 알카트라즈가 지금껏 존재할 수 있었다. 그리고 굉장한 실력자들이 있음에도 불구하고 폭동이 성공한 적이 없었던 이유이기도 했다. 그런데 이번에는 상황이 조금 달라졌다.

폭동이 성공한 것이다. 알카트라즈에서 폭동이 없진 않았다. 하지만 성공한 적은 단 한 번도 없었다.

그런데 폭동에 성공했다는 것은, 그만큼 그 폭동을 주동한 자의 실력이 출중하다는 것을 의미했다.

"이미 폭동은 성공한 것으로 봐야 하겠지. 게다가 중도파의 토벌대 사령관인 마르탄 카플루스 자작은 그에게 생명의 빚까지 있지. 장인에 의해서 죽음의 위기에 몰린 상황에서 말이지."

"좋군. 어떻게 했으면 좋겠나?"

슐리펜의 분석에 따라 라파예트 카테인 국왕은 술을 한 모금 마시며 물었다.

"그들을 이용해야지."

"어려울 텐데?"

"어차피 쓰다 버릴 물건들 아닌가? 그들에게 사면령과 함께 원래의 작위와 직위를 복권시킨다는 어지를 내린다면 충분히 적들의 후방을 괴롭힐 수 있는 전력이 될 것이네."

"하지만 오래가지 못해."

"그 동안 우리도 체제를 정비해야겠지."

"어떻게?"

라파예트 카테인 국왕의 말에 그를 빤히 쳐다보는 슐리펜이었다. 마치 알면서 물어보느냐는 듯한 그런 표정이었다. 그런 슐리펜의 시선을 받은 라파예트 카테인 국왕은 얼굴을 딱딱하게 굳힌 채 서서히 입을 열었다.

"이보게, 알프레드. 난 이 지긋지긋한 허수아비 노릇을 이만 끝내고 싶네. 몇 년 전까지 나에게 누구를 믿을 수 있느냐고 물으면 자네라 했을 것이네. 하지만 지금은 자네마저도 믿지 못하겠네. 무려 30년 동안 오로지 나만을 위해 어둠 속에 지냈던 자네를 말이네."

"지친 거로군."

"바로 그거네. 나는 지쳤네. 그리고 이 왕위를 그 잘난 아들에게도 넘겨주고 싶지도 않네."

"무슨……?"

순간 슐리펜이 놀라 되물었다. 아들에게 왕위를 물려주지 않다니.

"알프레드. 자네에게 묻지. 내 아들 중 국왕의 자질이 있는 이가 있던가?"

"그……."

슐리펜은 망설였다.

왕자들은 그들 나름대로 왕좌에 합당하다 생각하고 세력을 구축했지만, 그들 역시 자신들을 지지하는 귀족들의 허수아비일 뿐이었다.

망설이는 오랜 친구를 보며 그럴 줄 알았다는 듯이 고개를 끄덕이는 라파예트 카테인 국왕.

"그럴 것이네. 아비인 내가 보더라도 자질이 없네. 이대로 가다가는 대대로 귀족들의 권력에 휘둘리는 허수아비 국왕만이 있을 뿐이지. 그러다 어느 순간 카테인 왕국은 사라질 것이네. 600년간 지속되어 온 카테인 왕국이 말이야."

"왕좌를 걱정하는 것이 아닌 왕국을 걱정하는 것인가?"

슐리펜의 날카로운 지적에 라파예트 카테인 국왕은 씁쓸하게 웃으며 힘없이 고개를 끄덕였다.

그는 느끼고 있었다. 이미 자신의 시대는 끝났다는 것을 말이다. 하지만 자신의 시대가 끝나더라도 왕국을 끝장내고 싶지는 않았다.

"그렇다고 할 수 있겠지."

"그것을 조금만 더 일찍 깨달았으면 좋았을 것을."

"아쉽지만 어쩌겠나. 죽을 때가 되니 눈이 트이는 것을……."

라파예트 카테인 국왕의 허허로운 모습에 고개를 절레절레 젓는 슐리펜이었다.

"하면, 어찌할 작정인 겐가?"

"나는 이대로 둘 생각이네."

"그들이 서로 싸우도록 말인가?"

"플렉스 르위스. 아니 플렉스 휠라 카테이누스는 이 손으로 처리해야겠지."

플렉스 르위스 공작. 그의 본명은 플렉스 휠라 카테이누스다.

휠라라는 이름은 선왕의 외가에 전해져 오는 이름. 그리고 카이테누스는 왕가의 이름. 치열한 후계 경쟁에서 라파예트 현 카테인 국왕이 승리했고, 플렉스 W 카테이누스는 성을 바졌다.

플렉스 르위스로. 그가 현 귀족파의 수장인 플렉스 르위스 공작이었다. 카테인 왕국의 유일한 공작.

그는 언제나 라파예트 현 카테인 국왕의 반대편에 서 있었다. 세 왕자가 없어지면 유일하게 왕위를 계승할 수 있는 존재가 현 국왕과 척을 지고 있었다.

라파예트 현 카테인 국왕은 결코 르위스 공작을 무시할 수 없었다.

무시할 수 없었기 때문에 치열한 후계전에서 패배했음에도 불구하고 일국의 공작으로 존재할 수 있었던 것이다.

"이제는 끝을 봐야겠지."

"이럴 것이었으면……."

슐리펜은 말을 흐렸다. 친구의 곁에 남을 것인가, 아니면 자신만의 삶을 살 것인가.

도대체 종잡을 수가 없었다. 이럴 것이었으면 그 긴 시간 동안 왜 당하기만 했던 것일까? 그 긴 시간 동안 준비에 준비해 온 자신은 또 무엇인가?

"미안하네."

라파예트 카테인 국왕의 말에 슐리펜의 눈썹이 파르르 떨리며 그의 볼이 잔 경련을 일으켰다. 금방이라도 터질 듯한 표정.

"왜……."

"이제는 지쳤네."

"자네를 친구로 삼은 것이… 한없이 부끄럽군."

허탈한 듯 추욱 처진 어깨로 수십 년은 한꺼번에 늙어버린 것 같은 그의 모습이었다. 분노했던 얼굴도, 기대했던 얼굴도 모두 사라져 버린 생기 잃은 사막과 같은 그런 모습이었다.

멍하게 자신의 앞에 있는 술잔을 바라보던 슐리펜은 자신의 왼쪽 검지에 끼워져 있던 반지를 빼내 탁자 위에 놓았다.

"30년이 허망하군."

그런 그의 앞에 라파예트 카테인 국왕이 반지 하나를 내려놓았다. 그에 슐리펜의 눈동자가 커졌다.

"…뭔가?"

"자네에게 주겠네."

"이것을? 왜?"

"자네가 갖든지 아니면 그것이 필요한 누구에게 주든지."

슐리펜은 탁자에 놓인 반지와 라파예트 카테인 국왕을 번갈아 쳐다보았다.

국왕은 이미 반지에는 전혀 관심조차 없다는 듯이 어깨를 으쓱해 보이며 몸을 돌려세웠다.

슐리펜은 반지를 집으려다 멈칫했다. 그리고 다시 반지를 집으려 했다.

그러기를 몇 번.

마침내 반지를 집어 자신의 엄지손가락에 끼웠다. 그때 라파예트 카테인 국왕이 돌아서며 고개를 끄덕였다.

"자네는 이제 자유네. 자네 마음대로 살아도 되네."

"…고맙군."

그 말을 남기고 슐리펜은 자리를 박차고 일어나 뒤도 돌아보지 않고 자신이 나왔던 벽난로를 열고 그 속으로 사라졌다.

라파예트 카테인 국왕은 탁자에 놓인 술잔에 술을 가득 부어 한 번에 목으로 넘겼다.

"크으윽!"

탁!

소리 나게 술잔을 내려놓는 라파예트 카테인 국왕.

"미안… 하네."

지독히도 씁쓸하고 고독한 한마디가 그의 입술을 비집고 흘러나왔다.

*        *        *

"준비되었습니다."

"그래. 준비되었단 말이지……?"

플렉스 르위스 공작의 앞에 루 페르그노 백작과 브라이언 힐데만 백작이 서 있었다.

그들은 모두 풀 플레이트 메일을 입고 있었다. 르위스 공작은 두 백작을 바라보며 고개를 끄덕였다.

수없이 많은 시간을 들여 생각하고 또 생각했던 이번의 거사였다. 생각보다 기회가 빨리 찾아왔고, 이제는 마침내 거사를 실행할 때가 된 것이었다.

"3왕자 전하께서는?"

"이미 출정 준비를 완료하셨습니다."

"중도파는?"

"그들 역시 약속된 대로 움직일 것입니다."

"마지막으로……."

"명목상으로 3왕자 전하의 호위 기사단입니다."

"좋군."

3왕자는 자신의 외손자. 나쁠 것도 없었다. 유약하기는 하지만 왕좌에 올린 후 자신이 섭정을 하면 되니까 말이다.

"가지."

마침내 르위스 공작이 자리에서 일어났다. 그에 두 백작은 자연스럽게 그의 뒤에서 양옆에서 호위하는 모습이 되었다.

그들을 뒤따르게 하고 걸어가는 르위스 공작. 그의 눈은 빛나고 있었다.

'라파예트 형님! 과거의 빚을 받으러 지금 갑니다.'

\*　　　\*　　　\*

"연합? 연합이라… 좋지. 하지만……."

"진정한 전쟁은 국왕파를 제거한 이후일 것입니다."

담담하게 입을 여는 체스터 백작. 그에 공감한다는 듯이 고개를 끄덕이는 유린 후작. 그러다 문득 체스터 백작을 보며 입을 여는 유린 후작.

"괜찮겠나?"

"어차피 버릴 패였습니다. 괘념치 마시길."

그들이 말하는 것은 알카트라즈로 향한 토벌대였다. 그 토벌대의 사령관이 체스터 백작의 사위였으니까 말이다.

하지만 자신의 야망을 위해서는 그 사위마저도 가차 없이 내칠 수 있는 자가 바로 체스터 백작이었다.

"우리가 향할 곳은?"

"곧바로 왕도로 향할 것입니다."

"그들이 그것을 허락하겠나?"

"요는 누가 먼저 인장을 차지하느냐 입니다."

"그렇지."

"점령전보다는 전격전이 어울릴 것입니다. 저들이 예측할 수 없는 속도로 이동해야 합니다."

그러면서 체스터 백작은 자신의 검지로 왕도로 향하는 최단 거리를 일직선으로 그어보였다. 그에 고개를 끄덕이던 유린 후작.

이미 돌이키기에는 너무 늦었다. 군사를 일으켰고, 왕도를 향해 진격하기 위해 모였지 않은가?

뽑은 칼을 다시 집어넣는 것은 귀족으로서의 체면과 명예에 부합한 모습이 아니었다.

지금은 강력하게 이끌어야 할 시기임에는 분명했다.

그럼에도 유린 후작의 마음 한쪽에는 약간의 거슬림이 남아 있었다.

"마음을 다잡으시길. 지금의 기회를 잡지 못하면 두 번 다시 이런 기회는 없을 것입니다."

"그렇겠지. 가세!"

"명을 따릅니다."

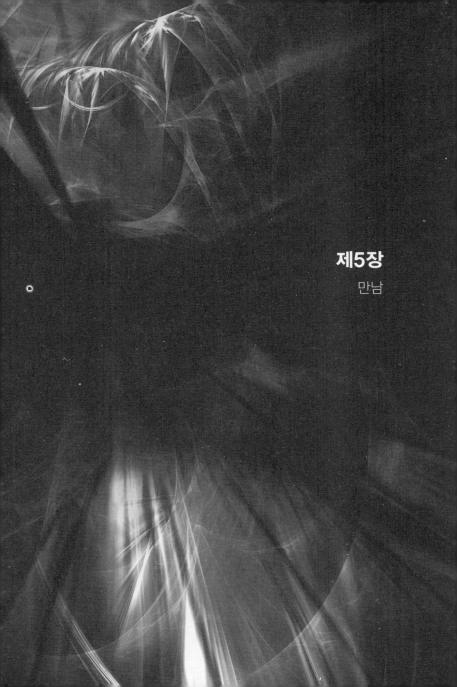

# 제5장

만남

*Warrior*

"커허억!"

한 명의 복면인이 목을 부여잡고 피를 뿜으며 쓰러졌다.

"후우욱!"

히끗한 친 커튼 스타일의 수염과 귀가 다 드러나 보일 정도로 짧은 머리를 한 사내가 깊은 한숨을 내쉬며 쓰러진 복면인을 바라봤다. 그러다 슬쩍 복면을 벗겨보았다.

"노리스……"

아는 얼굴, 아는 이름.

그의 눈가가 파르르 떨렸다. 그러다 빠르게 안정을 되찾으며 마치 숲과 동화되듯이 사라졌다. 그가 사라진 직후 몇 명의 복면인이 모습을 드러냈다. 모습을 드러내자마자 사방을 경계하며 죽은 복면인의 심장에 손을 대었다.

"온기가 남아 있다."

푸욱!

그와 함께 언제 꺼냈는지 모를 단검으로 죽은 자의 심장에 깊숙하게 박아 넣는 복면인. 일말의 망설임조차 보이지 않았다. 그리고 피 묻은 목걸이를 툭 끊어내 수납했다.

"추적한다."

그들의 행동은 기민하고 은밀했다. 빠르게 사방을 훑었고, 이내 하나의 단서를 찾아내 그 단서를 기반으로 추적을 시작했다.

그들이 사라진 지 한참이 지나자 사라진 줄 알았던 친 커튼 스타일의 수염을 지닌 자가 거대한 나무 아래 모습을 드러냈다.

그는 말없이 그들이 추적해 가는 방향을 바라보다 다시 움직였다.

복면인들이 움직인 곳으로, 그들의 뒤를 따라서 말이다. 사냥감에서 사냥꾼으로 공세가 전환되는 순간이었다.

사내는 얼마 지나지 않아 그들의 배후를 잡을 수 있었으며, 맨 후미에 있던 한 명의 복면인을 잡을 수 있었다. 순간 복면인들의 진세가 변형되었다. 자신이 사냥꾼이 아니라 사냥당하는 중인 것을 알아챈 것이다.

채앵!

날카로운 금속성이 울리며 친 커튼 스타일의 수염을 지닌 자가 모습을 드러냈다. 그에 다섯 명의 복면인이 무섭도록 빠르게 그를 에워쌌다.

파바밧!

말 따위는 필요 없었다. 그저 목표를 제거하기 위함의 공세만 있을 뿐이었다.

날카로운 자마다르(찌르기용 단검)가 친 커튼 스타일의 수염을 지닌 자를 향해 쇄도했다.

사내 역시 양손에 페스카즈('S'자 날의 단검)를 쥐고 찔러 들어오고 있는 자마다르를 쳐냈다.

씨이잉! 카라라랑!

날이 미끄러지고 부딪히며 날카로운 소리와 불꽃을 만들어 냈으며, 단 한 번 공격에 수십 번의 공수가 이뤄졌다.

그들의 움직임은 마치 톱니처럼 맞물려 들어가며 공격을 이어갔다. 당연히 가운데 있는 자는 그들보다 빠르게 움직여야만 했고, 체력은 빠르게 소모되고 있었다. 아마도 복면인들이 노리는 것이 바로 그것을 것이다.

살짝 거칠어진 숨소리. 복면인은 차갑게 중앙의 사내를 보며 마지막 숨통을 끊기 위해 거침없이 공격해 들어갔다.

하나의 자마다르가 사내의 심장을 쪼개려고 들어왔다. 사내는 왼손의 페스카즈로 자마다르를 흘리고, 오른손의 페스카즈로 복면인의 목을 훑고 지나갔다.

복면인은 딱 페스카즈의 간격만큼만 신형을 움직였다. 그 순간 페스카즈의 길이가 늘어났다. 그리고 복면인의 목 절반을 가르고 지나갔다. 붉은색의 오러 스트림이었다.

한 명의 복면인이 피를 뿜어내며 쓰러지자 남은 네 명은 그 즉시 사각형의 공격진을 형성했다. 한 명의 동료가 죽었음에도 그들의 눈동자는 여전히 무심하기 그지없었다.

"돌아가라."

순간 친 커튼 스타일 수염의 사내가 무거운 목소리로 입을 열었다.

멈칫!

사내의 목소리에 네 명의 복면인이 잠시 움직임을 멈췄다.

"이미 돌아갈 곳은 없소."

"톰슨인가?"

가볍게 페스카즈에 묻은 피를 털어낸 사내가 전면에 있는 복면인을 보며 입을 열었다. 그에 잠시 움찔하던 복면인이 서서히 복면을 벗었다. 그리고 드러난 사내의 얼굴은 창백하고 날카로운 인상을 가진 자였다.

"카테인 왕국 세 명의 가디언 중 한 분인 알프레드 슐리펜을 뵙습니다."

"자네는 추적조로군."

"그런 셈입니다."

"복면을 벗었다는 것은 곧 그들이 도착하기 때문이겠고."

"저희들은 단지 소모품일 뿐입니다."

"……."

톰슨이라는 자의 말에 슐리펜은 고개를 끄덕였다.

지금 자신의 앞에 있는 자들은 재상의 명령만을 수행하는 슈츠슈타펠(Schutzstaffel, 친위대)이라는 이름을 가진 악명 높은 처형 부대였다.

최초 국왕의 명만 수행하던 그들이 30년이 지나는 동안 그 성격이 변질되어 이제는 재상의 무력이 되어버린 부대.

5년 전 국왕의 부대였던 그들이 변질되었다는 것을 깨닫는 순간, 그들은 자신들의 등 뒤에 칼을 찔렀다. 그 후에 그들과 대적할 부대를 국왕의 칙명에 의해 새롭게 구성했지만 이미 국왕파의 모든 것은 재상에게 넘어간 이후였다.

그에 슐리펜의 얼굴을 딱딱하게 굳어졌다.

"내가… 마지막인가?"

"죄송하지만……."

톰슨의 말에 슐리펜은 고개를 끄덕였다.

"하아~ 어리석었구나. 오크를 피하기 위해 오거를 들였구나. 그때 재상의 꼬임에 넘어가 수좌를 죽이지 않았다면 이런 일은 없었을 것을……!"

"후회는 아무리 빨라도 늦는 법입니다."

"그렇지. 오게."

두 자루의 단검을 역수로 쥔 슐리펜이 고개를 끄덕이며 입을 열었다. 그에 지체 없이 공격을 해 들어가는 세 명의 복면인.

하단, 중단, 상단. 피할 곳은 없었다. 완벽한 협공이었다.

"훌륭하군."

고개를 끄덕이며 탄성을 지르는 슐리펜. 하지만 이내 무섭도록 차갑게 안색을 굳혔다.

그리고 자마다르가 지근거리에 도달하기 직전 그의 신형은 마치 유령처럼 변하며 자리에서 사라졌다.

"경계!"

톰슨은 화들짝 놀라 외쳤다. 자신들을 가르쳤던 교관 중 가장 뛰어나고 상대하기 힘든 이라면 서슴없이 고스트 맨, 알프레드 슐리펜을 꼽을 것이다. 바로 지금과 같은 상황 때문에 말이다.

마나를 오감에 집중시켰음에도 슐리펜의 기척은 잡히지 않았다. 톰슨과 복면인들의 눈동자가 불안하게 떨렸다.

그 순간.

서걱!

무언가 잘려 나가는 소리. 세 명은 기민하게 움직여 진형을 변형했다.

그들은 침착했으나 얼굴에서 유일하게 드러난 눈동자는 두려움에 물들어 있었다. 톰슨은 씁쓸한 미소를 머금었다. 상대조차 되지 않는다.

거우 몇 명으로는 고스트 맨을 잡을 수 없었다. 하지만 알면서도 해야 했다.

어차피 자신들은 시간을 지연시키는 소모품에 불과하니까.

나서지 말았어야 했다. 그저 지켜봤어야 했다. 공연한 공명심 덕분에 생명을 단축시키고 있었다.

조금 전에는 포위하는 입장이었지만 지금은 한 명에 의해 세 명이 등을 붙인 채 외곽을 경계해야만 했다.

자마다르를 잡은 손이 살짝 떨려오며 축축하게 젖어왔다. 질식할 것만 같은 시간이 느릿하게 흘러갔다.

그리고 공간이 일렁이는 순간, 여지없이 한 복면인의 목이 떨어져 내렸다. 핏물이 두 사람의 얼굴을 적셨다. 하지만 그둘은 눈동자조차 돌리지 않았다. 바짝 긴장한 그 둘의 모습이 애처로워 보일 정도였다.

톰슨이 입을 열었다.

"잔인하구려."

어디를 향해 말하는 것일까. 답은 자신과 등을 맞대고 있던 남은 복면인의 목이었다.

두 사람의 핏물을 흠뻑 뒤집어 쓴 톰슨. 그는 방어 자세를 풀어버렸다. 고스트 맨이 왜 고스트 맨인지 이제 정확하게 알았기 때문이었다.

그에 의해서 단련된 슈츠슈타펠이었지만 그들 중 그 누구도 그의 진정한 모습을 알지 못했다. 그는 슈츠슈타펠 전체가 달려든다 해도 결코 어찌해 볼 수 있는 자가 아님을 깨달았다.

스걱! 사각!

두 번의 스치는 소리가 들려왔다. 섬뜩한 느낌이 목과 가슴에 전해졌다. 하지만 자신은 죽지 않았다는 것을 알 수 있었다.

"전해라! 더 이상의 용서는 없다고."

그 말과 함께 다시 정적이 감돌았다.

"후으으으~!"

톰슨의 입에서는 알 수 없는 소리가 흘러나왔다.

투둑!

그의 두 손에 들려 있던 자마다르가 떨어지고, 그는 그 자리에서 허물어지듯 주저앉았다.

질척한 느낌이 들었다. 쓰러진 조원들의 목에서 흘러나온 핏물이 숲 속의 흙과 범벅이 되어 축축하게 젖어들고 있었다.

일순 톰슨은 주변을 멍하게 훑어보았다. 참담했다. 전신에 힘이 단 하나도 남아 있지 않았다.

그러다 떨어뜨린 자마다르를 다시 등 뒤에 두고 일어섰다. 그리고 죽은 조원들의 목에서 인식표를 떼어 내 수습했다.

"아무래도 줄을 잘못 선 것 같군."

배신을 하지 말았어야 했다. 재상이 아무리 달콤한 조건을 내걸었더라도 말이다.

재상은 알프레드 슐리펜에 대해서 너무나 모르고 있었다. 하지만 아마 슈츠슈타펠은 멈추지 않을 것이다.

자신이 아는 슈츠슈타펠은 그런 조직이니까.

*　　　*　　　*

"후우~"

알프레드 슐리펜. 그는 지금 수많은 시체와 발을 질척하게 적시는 핏물 속에 홀로 서 있었다. 하지만 그의 주변으로는 아직도 수없이 많은 적이 있었다. 가볍게 페스카즈를 털어낸 알프레드 슐리펜.

"경고했을 텐데……."

그가 미간에 주름을 모으며 나직하게 내뱉었다. 그가 바라보는 쪽에는 풀 플레이트 메일을 착용한 기사가 백마를 타고 지금의 상황을 지켜보고 있었다.

무려 50여 명이 넘는 병사가 죽었지만 눈 하나 깜빡이지 않는 자.

재상인 앤드루 마샬 후작과 결탁한 슈츠슈타펠 부대의 4조장인 알프레드 로젠베르크. 그리고 그의 옆에서 명을 받고 있는 자는 어느 이름 모를 시골 귀족임이 분명했다.

아직까지 시세의 흐름을 제대로 파악하지 못하고 오로지 국왕의 부름에 목매고 있는 그렇고 그런 귀족 말이다. 그래도 아주 작은 영지를 가진 귀족은 아니었는지 그가 동원한 병력이 족히 천은 넘어보였다.

　그 동원된 병력 속에 슈츠슈타펠 요원이 녹아들어 있을 것이다. 아마도 지금 죽어 나자빠져 있는 이들 중에도 그들이 있을지 모를 일이었다.

　감히 그 누구도 범접하지 못할 정도의 대단한 실력이 아니라면 천 명이라는 병력은 결코 어찌해 볼 수 있는 숫자가 아니었다.

　사실 지금 무표정을 가장하고 있지만 알프레드 슐리펜은 상당히 지쳐 있었다. 무려 천 명이었다. 슈츠슈타펠 부대의 추적에 상당히 지친 상태에서 오합지졸이라지만 천여 명에 이르는 병력은 결코 쉽게 벗어날 수 없는 그물과 같은 것이었다.

　알프레드 로젠베르크와 대화를 하던 귀족은 입을 함지박만 하게 벌리며 연신 고개를 끄덕이더니 이내 자신의 옆을 지키고 있던 기사를 향해 무언가를 지시했고, 기사는 마침내 검을 뽑아들고 외쳤다.

　"재상을 암살하려던 어쌔신이다. 죽여라! 죽인 자에게 기사의 자리와 함께 100골드를 하사할 것이다."

　"우와아아~ 쳐랏!"

"죽여랏!"

병사들과 병사를 이끄는 기사들은 용기백배하여 미친 듯이 알프레드 슐리펜을 향해 쇄도했다.

화살이 날아들었다. 슐리펜은 너부러진 시체 중 하나를 들어 올려 자신에게로 날아드는 화살을 막았다.

퍼버버벅!

수십 발의 화살이 시체에 박혀 들었다.

"으와아아악!"

시체를 앞으로 하며 달리는 그에게 수십 개의 창이 찔러 들었다. 죽은 시체가 조금 전까지 자신들과 농담을 하던 동료였다는 사실은 이미 병사들에게 없는 듯싶었다.

살이 패이고 뼈가 훤히 드러났으며, 창자가 흘러내렸다.

어느 정도 병사들과 가까워졌다는 것을 느낀 슐리펜은 시체를 병사들에게 던지고 앞으로 뛰어들었다. 한 병사의 목을 베고, 찔러오는 창을 빗겨 막고, 다른 손으로 목을 찔렀다.

핏물이 튀어 시야를 가렸다. 그는 재빨리 허리를 숙였다. 창졸간 그의 머리를 휩쓸고 지나가는 날카로운 검.

화끈.

갑자기 옆구리에서 느껴지는 불에 지진 듯한 격한 통증. 잠시 방심한 사이 병사가 내지른 창이 그의 옆구리를 스치고 지나갔다.

그는 창대를 그대로 잘라 버리고 최단 거리로 병사의 심장을 찔렀다.

병사의 눈이 커졌다. 하지만 감상에 젖어 있을 시간이 없었다. 또다시 등 쪽에서 느껴지는 화끈한 통증. 큰 부상은 아니다. 전투를 치르다 보면 창칼이 피륙을 훑고 지나가는 것이 다반사이니까 말이다.

요는 최대한 지치지 않고, 자잘한 찰과상 정도는 그저 무시하고 상대의 목줄을 자르고, 요동치는 심장을 잠재우는 것일 게다.

최소한의 동작으로 최대의 효과를 노려야만 했다. 여기서 죽을 수는 없었다.

그러기에는 지난 30년의 시간이 너무 허망하니까.

눈앞으로 쏟아져 들어오는 창칼. 순간 슐리펜은 모습을 감췄다.

그의 호칭이 고스트 맨인 것을 감안한다면 너무 늦은 행동이었지만, 그럴 수밖에 없었다. 수많은 적을 홀로 감당해야 했으니……

그리고 그가 멀지 않은 곳에서 모습을 드러냈을 때는 한 명의 기사가 목덜미를 부여잡고 말에서 떨어지고 있었다. 슐리펜은 기사를 밀어버리고 고삐를 거머쥔 후 말의 배를 찼다.

말은 앞발을 들어 올려 병사들을 위협했고, 병사들은 잠시 멈칫했다. 그 순간을 노려 슐리펜은 말을 몰아 활로를 뚫으려 했다.

하지만 아무리 말을 탄들, 인의 장벽은 그리 쉽게 뚫리지 않았다.

창 하나가 허벅지를 관통했다. 슐리펜은 창대를 꺾어버리고 창을 찌른 병사의 목을 베었다. 마상 장검을 뽑아 들고 말고삐를 놓은 채 좌우로 몰려드는 병사들을 베어 넘기기에 여념이 없었다.

그러다 갑자기 말이 크게 울부짖더니 그대로 앞으로 고꾸라졌다.

그대로 말을 박찬 슐리펜을 향해 재블린과 화살이 여지없이 허공을 수놓았다. 그때 다시 슐리펜의 모습이 사라졌고, 또 한 명의 기사가 목에 피분수를 뿜어내며 말에서 떨어졌다.

기사 두 명을 죽였고, 병사 수십을 죽였다. 하지만 아직 기사들과 병사는 수를 헤아릴 수 없을 만큼 많았다. 슐리펜은 순간 흐릿해지려는 눈을 부릅떴다.

손아귀에 힘이 빠지고 있었다. 그는 소리를 질렀다. 나약해지려는 자신을 다잡기 위해서 말이다.

"우와아악!"

잠깐 동안 몸에 활력이 치솟아 올랐다. 그는 다시 말을 몰아나가며 자신의 앞을 가로막는 모든 것을 부숴 나갔다.

하지만 다시 힘이 빠지기 시작했다.

"후욱! 후욱!"

채애엥!

그때 슐리펜의 손아귀에 잡혀 있던 마상장검이 무언가에 부딪히며 그의 손아귀를 벗어났다.

손아귀에서 아릿한 통증이 전해졌다. 그는 순간 자신의 손을 바라보았다.

덜덜덜.

떨고 있었다. 찢어져 피가 흐르고 있었다. 그는 다시 등 뒤로 수납했던 페스카즈를 꺼내 들었다.

지쳤다고는 하나 그는 여전히 오거와 같은 기세를 내뿜고 있었다. 그때, 병사들이 창만 겨눈 채 그와 거리를 벌렸다.

슐리펜은 고개를 들어 한쪽을 바라봤다. 그곳에는 예의 백마를 탄 알프레드 로젠베르크와 귀족, 그리고 그 귀족을 호위하는 기사가 다가오고 있었다.

"이제 그만하시지요."

안쓰러운 듯 입을 여는 로젠베르크.

"훗. 아직 너 같은 놈들 몇 백은 충분히 벨 수 있다."

그에 로젠베르크는 피식 웃으며 혼잣말처럼 되뇌었다.

"물론, 과거였다면 그것이 가능했겠지요."

그런 로젠베르크의 말에 슐리펜은 눈썹을 파르르 떨었다.

명백한 비웃음이겠으나 지금은 어찌해 볼 도리가 없었다. 로젠베르크의 실력은 그도 잘 알고 있었다. 기실 슈츠슈타펠에서 조장급 이상이라면 슐리펜을 거치지 않은 자가 없었다.

그는 가장 유명한 교관이었으니까. 슈츠슈타펠에서는 그를 존경하여 스스로의 이름을 바꾼 자도 있었다. 지금 눈앞에 있는 로젠베르크 역시 그중 한 명이었다.

"그건 그렇고 그 물건은 어디 있습니까?"

"무슨 물건 말이더냐?"

되묻는 슐리펜의 말에 어쩔 수 없다는 듯이 고개를 절레절레 저은 로젠베르크가 귀족이 있음에도 불구하고 서슴없이 입을 열었다.

"재상의 집무실에서 가져간 인장 말이오."

"그것을 왜 나한테서 찾는가? 재상에게 물어야 할 것 아닌가? 국왕 전하께서 하사하신 인장을 잃어버린 것은 오로지 재상의 불찰 아닌가?"

"물론 그렇기는 하지요. 하지만 몰래 숨어들어 암살 시도를 하고 가져간 것을 어찌 막을까?"

"재상이 그러던가?"

"아닙니까?"

"아니라면 믿겠나?"

슐리펜의 물음에 어깨를 으쓱해 보이는 로젠베르크.

"이제 와서 뭐가 진실 여부가 중요한 것은 아니겠지요. 저는 명령을 받았고, 명령에 따라 인장을 회수할 것입니다만."

"가져갈 수 있다면 가져가 보게."

"권주를 마다하고 벌주를 원하신다면."

그가 말 머리를 돌려 전장을 벗어났다. 그에 귀족은 음흉한 미소를 떠올리며 외쳤다.

"쳐랏! 죽여도 좋다!"

"죽여라! 놈은 지쳤다!"

"우와아아!"

다시 포위망이 좁혀졌고, 그들을 바라보는 슐리펜의 표정은 암담해졌다.

'쯧! 여기까지인가?'

그는 눈을 감았다. 최대한 발악을 했으면 좋겠으나 애병인 패스카즈를 쥘 힘조차 남아 있지 않았다. 아니, 말안장에 앉아 있는 것조차도 힘들었다.

그에 차라리 포기하고 눈을 감아버린 것이었다.

쉬아악!

날카로운 창검이 그를 향해 쇄도해 들어오는 느낌이 들었다. 곧 얼마 안 있어 자신의 몸은 꼬치가 되리라.

바로 그 순간이었다.

콰아아앙!

"크하악!"

"꺼어억!"

"뭐, 뭐냐?"

"가, 감히⋯⋯!"

"케헥!"

"쳐랏!"

"예니!"

"체리!"

"우와아아아!"

눈을 감은 슐리펜의 기감에 잡히는 거대한 충격파. 그에 흠칫 눈을 떴다.

그의 앞에는 거대한 체구의 사내가 있었다. 순간 그는 지금 상황이 어떻게 돌아가는지 몰라 멈칫하다 주변을 훑어보았다.

그 순간 거대한 사내의 기이한 병기가 움직였다. 갑자기 난입해 몇 명의 병사가 죽어나갔지만 상대는 혼자고 자신들은 다수.

저 굉장한 고스트 맨조차 숫자 앞에서는 맥을 못 추고 있는 상황.

"죽여라!"

"우와아아~"

병사들이 거대한 사내를 향해 움직였다. 하지만 그들은 애초에 잘못 알고 있었다. 지금 이 사내는 결코 슐리펜과 비견될 수준이 아니라는 것을 말이다.

사내의 거대한 병기가 기이하게 움직이는 순간.

그를 향해 쇄도하던 병사들이 움찔거리며 멈춰 섰다. 아니

움직일 수 없었다. 그들이 움찔하는 그 순간 그들은 이미 이 세상 사람이 아니었기 때문이었다. 순식간에 열 명이 넘어가는 병사가 죽어갔다.

병사들도 기사들도 그리고 그를 가장 가까운 거리에서 지켜보는 슐리펜조차도 경악할 수밖에 없었다.

그 거대한 사내는 무표정하게 병사들을 한 번 훑어보며 가볍게 병기를 휘둘러 핏물을 털어냈다.

"카이론 에라크루네스요."

그에 화들짝 놀란 슐리펜. 그에게로 가기 위해 방향을 잡았지만 솔직히 그를 만날 수 있을 것이라고는 생각하지 못했다. 그리고 이곳은 코트우드의 중간쯤 되는 곳이었다.

순간 그의 머리를 가득 채운 하나의 단어.

'2군 토벌대는?'

순간 엉킨 실타래처럼 좀체 지금의 상황을 이해할 수 없는 슐리펜이었다.

"토벌대는… 어떻게?"

"알카트라즈에서 스키피오 아프리카누스를 만났소."

슐리펜의 눈동자가 커졌다. 도저히 믿지 못하겠다는 듯이 말이다.

그는 분명 앤드루 마샬 후작이 후작에 오르기 전 반드시 제거해야 할 자로 지목되어 슈츠슈타펠에 의해 제거되었기 때문이었다.

"듣기로 그는 뇌가 아홉 개라 하더이다."

"그… 렇군."

인정할 수밖에 없었다. 그 잔인한 슈츠슈타펠의 손속에서 살아남았다니 말이다. 적어도 아홉 개는 아니어도 범인이 상상할 수 있는 그런 존재는 아닌 듯 보였다.

그의 전략전술이라면 토벌대를 상대하는 건 어려운 일이 아닐 것이다.

"여긴 어떻게……?"

"이곳은 예니체리의 새로운 병력이 합류할 장소였소."

"예니체리?"

되묻는 그를 향해 턱 끝으로 전투에 임하고 있는 병력을 가리키는 카이론이었다. 그에 바로 알아듣는 슐리펜이었다.

"새로운 병사라… 좋은 부대구려."

"……."

그에 말없이 고개를 끄덕이는 카이론이었다.

그의 끄덕임에 약간의 여유를 되찾은 슐리펜은 주변을 훑어보았다. 그러다 그는 놀라고 말았다.

'마르탄 카플루스 자작, 캐슬린 맥그로우…….'

둘 다 너무나 잘 알고 있는 이들이었다. 한 명은 중도파의 신성이라 할 만한 자였고, 한 명은 오랫동안의 친분을 가진 자의 영애였으니까 말이다.

그의 시선은 마르탄 카플루스 자작보다는 캐슬린 맥그로

우를 향하고 있었다. 그녀가 지금 알프레드 로젠베르크를 막아서고 있었기 때문이었다. 그녀의 클레이모어가 유려하게 움직였다.

느릿한 움직임.

그에 로젠베르크는 비릿한 웃음을 베어 물며 두 자루의 자마다르 중 하나로 클레이모어를 막아갔다.

쩌엉!

"크읏!"

클레이모어와 자마다르가 부딪히는 그 순간 로젠베르크의 입에서는 답답한 신음성이 토해졌다.

상상조차 할 수 없을 정도의 압력이 자마다르에 전해짐을 느낀 것이다. 그는 나머지 한 자루의 자마다르를 들어 클레이모어를 밀어내려 했다.

하지만 클레이모어는 밀려나지 않고 자신의 정수리를 향해 쇄도하고 있었다.

"우와아악!"

로젠베르크는 커다란 함성을 질렀다. 그러다 그의 시선이 클레이모어의 주인과 부딪혔다.

순간 로젠베르크는 전신이 싸늘하게 얼어붙는 것 같은 느낌이 들었다.

'무슨 눈빛이…….'

감정이 전혀 깃들어 있지 않은 눈동자. 죽은 눈동자였다.

그 순간 로젠베르크는 자신의 자마다르가 서서히 잘리고 있다는 것을 느꼈다. 그에 그의 눈동자가 커지고 입이 벌어졌다.

있을 수 없는 일. 오러 스트림이 시전된 자마다르가 잘려 나가다니. 하지만 이것은 분명 현실이었다. 그리고 아주 느릿하게 클레이모어는 그의 머리를 수직으로 잘라내고 있었다. 마치 시간이 느려진 것처럼 말이다.

입을 떡 벌린 채 뒤로 넘어가는 로젠베르크. 그 순간을 노려 한 명의 병사가 그녀의 옆구리를 노리며 쏘아져 들어갔다.

서걱!

창대의 중간이 잘려 나갔다. 잘린 창대를 보며 주춤거리는 병사. 병사의 시선과 그녀의 시선이 부딪히는 순간 그녀의 클레이모어가 움직였다.

그리고 입을 벌린 채 떨어져 내리는 병사의 머리.

그녀를 향해 쇄도하던 병사들과 기사들이 주춤했다. 그러다 뒷걸음질 쳤다.

어느새 나타났는지 모르지만 수천의 병력이 자신들을 에워싸는 것을 볼 수 있었기 때문이었다.

이미 그들의 기세는 완벽하게 꺾이고 있었다.

툭!

병사든 기사든 할 것 없이 순간 자신이 들고 있던 병기를 내려놓을 수밖에 없었다.

천여 명으로 한 명을 압박하던 그 기세는 온데간데없고, 물에 빠진 생쥐처럼 축 쳐져 그 자리에서 무릎을 꿇고 항복의 의사만 보낼 뿐이었다.

　"사, 살려주시오."

　어느새 로젠베르크로부터 무언가를 명령을 받던 귀족조차도 무릎을 꿇고 목숨을 구걸하고 있었다. 카이론는 그를 향해 걸음을 옮겼다. 그리고 무릎을 꿇고 비는 귀족을 내려다보았다.

　"살려만 주면 되는가?"

　"그, 그야……."

　카이론의 말에 눈동자를 데굴데굴 굴리는 귀족이었다. 뭔가 느끼는 것이 있는지 말을 살짝 흘리는 귀족이었다.

　"재산이라도 조금……."

　"죽은 병사들은 어찌할 생각인가?"

　"그야……."

　카이론의 물음에 역시 답을 못하는 귀족이었다.

　"영지는 어찌할까?"

　"……."

　귀족은 뭔가 느끼는 것 같았다.

　"영지도 포기하겠소. 재물도 포기하겠소. 목숨만……."

　"내일까지 시간을 주지."

　"고, 고맙소."

그에 귀족은 화색이 돌며 빠르게 자리에서 일어나 말에 올라탄 후 뒤도 돌아보지 않고 달려가기 시작했다.

"여, 영주님!"

기사와 병사들은 자신들을 두고 도망가는 귀족을 보며 다급하게 외쳤다. 하지만 귀족에게는 그들의 외침보다 지금 자신에게 주어진 시간이 더 문제였다.

그런 영주의 모습에 배신감을 느낀 기사들.

그들의 얼굴을 딱딱하게 굳어졌다. 그러더니 무장해제된 기사 중 한 명이 자신의 가슴께에 있던 휘장을 그대로 뜯어내 바닥에 버렸다.

"무슨 짓인가?"

"적어도 한 영지의 영주라면 기사와 병사들이 있는 곳에서는 등을 보이지는 말아야지요."

"그렇다 해도……."

"맹세란 한쪽만의 의무가 아닙니다. 신의를 저버린 것은 우리가 아닌 영주입니다."

기사의 말에 저어했던 기사는 할 말을 잃었다.

사람은 '답다'라는 말을 삶의 명제로 삼는 경우가 다반사이다. 기사는 기사다워야 하고 영주는 영주다워야 하며 귀족은 귀족다워야 하며 왕은 왕다워야 한다.

하지만 가장 기본적인 '답다'라는 말을 따르기는 너무나 힘들다. 그래서 사람은 언제나 고민한다. 그리고 포기한다.

그 길은 너무 힘들고 어려워 돌아가려는 것이다. 방금 전 영주의 모습도 '답' 지 못한 태도였다. 그에 기사들 역시 스스로 기사다움을 포기한 것이었다.

서로에 대한 신뢰의 배반이었으니까. 아무런 생각 없는 영주의 행동 덕분에 카이론은 또다시 거의 5백에 이르는 병력을 얻을 수 있었다.

카이론의 주변으로 스키피오와 라마나가 다가왔다. 둘을 바라보던 알프레드 슐리펜은 스키피오를 보며 나직하게 신음성을 터뜨렸다.

"피터… 드러커!"

피터 드러커.

카테인 왕국에는 3대 개국공신 가문이 있다. 하나는 빛의 가문이라 일컬어지는 맥그로우 가문, 하나는 어둠의 가문이라 일컬어지는 슐리펜 가문, 마지막 하나는 현자의 가문이라 일컬어지는 드러커 가문이었다.

맥그로우 가문은 대대로 근위 기사단장직을 역임하며 기사의 탑 탑주를 맡았다. 슐리펜 가문은 어둠 속에 스며들어 일인전승의 어쌔신 길드, 쉐도우 스트라이커의 길드장과 슈츠슈타펠을 맡았다. 마지막으로 드러커 가문은 대대로 현자의 탑주와 재상을 역임했다.

이런 사실을 아는 사람은 극히 적었다.

그런데 수십 년 전 드러커 가문이 멸문당했다. 당시 드러커 가문의 수장이자 왕국의 재상이었던 피터 드러커 후작은 사라져 흔적도 찾지 못했다.

그의 직계와 방계 모두를 수장시켰음에도 말이다.

그리고 그를 추격했던 이는 바로 자신이었다. 그런데 그를 이곳에서 만난 것이다.

그가 알카트라즈에 있다는 정보를 누군가 막아 놓았던 것인가? 알 수 없는 일이었다.

"오랜만이군."

스키피오는 흘깃 슐리펜을 바라보며 나직하게 입을 열었다.

"어, 어떻게……?"

"자네쯤 되면 별로 놀랄 일이 없을 줄 알았는데 말이지."

스키피오의 말에 알프레드 슐리펜의 이마에 주름이 잡혔다.

'설마?'

알프레드 슐리펜의 뇌리를 스치고 지나가는 생각. 하지만 겉으로 그 생각을 드러낼 수는 없었다.

"나는 그저 왕국의 검이었을 뿐."

"흐음. 그런가?"

둘의 대화는 거기에서 끝이 났다.

"연락은 왔나?"

"정확하게 자정에 도착한다는 전언을 받았습니다."

"특사는 어찌 되었지?"

"인질로 잡혀있는 것으로 판단됩니다."

"특사를 인질로?"

"그렇습니다."

카이론과 라마나의 대화가 담담하게 이어지고 있었다. 알프레드 슐리펜은 그들이 대체 무엇에 관해 대화를 하는지 이해할 수 없었다.

"아시커나크!"

"불렀나?"

"그들에게서 특사를 확보해라."

"좋군."

어디서 들려오는지 모를 소리. 존재감을 느끼는 그 순간 다시 존재감이 지워지는 아시커나크였다.

"키튼!"

"명을."

"가자!"

카이론은 키튼을 대동하고 이동했다. 그 뒤를 이어 카플루스 자작이 병력을 대동하고 움직였다.

그리고 스키피오 아프리카누스 곁에는 본부연대장인 캐슬린 맥그로우가 섰다. 그녀의 시선 역시 알프레드 슐리펜을 향하고 있었다.

"이렇게 보는구나."

"그렇게 되었네요."

"이렇게 카테인 왕국의 3대 가디언 가문이 모였군."

알프레드, 캐슬린, 스키피오 순으로 입을 열었다. 그 후 다시 정적이 감돌았다. 수없이 많은 대화가 있을 것 같았지만 막상 셋이 모이자 누구 하나 쉽게 입을 열지 못했다.

"가문은……."

지독한 침묵 속에서 알프레드가 먼저 캐슬린에게 물었다. 캐스린은 알프레드의 말을 듣고 신형을 돌려 세우며 나직하게 입을 열었다.

"멸문당했죠. 저는 겨우 요제프 아저씨와 도망쳤고요. 그러다 토벌대를 지원했어요."

그녀의 말이 끝났을 때 이미 그녀는 완전히 그들과 멀어져 있었다.

그녀의 가녀린 등을 바라보는 알프레드의 시선에는 복잡함이 어려 있었다. 그러다 다시 차가운 인상으로 돌아왔다.

"나에 대해서 알게 된 건가?"

"기사나 마법사와 같은 능력은 가지지 못했지만 신은 저에게 또 다른 능력을 주셨지요."

그런 말을 하면서 스키피오는 자신의 머리를 톡톡 두드렸다.

"내가 너무 방심한 것이로군."

"방심은 아닐 것입니다. 완벽했으니까."

그에 스키피오를 쏘아보는 알프레드였다.

"자신의 얼굴에 금칠도 그 정도면 상당한 실력이군."

"알카트라즈에서도 살아남았고, 모두의 이목을 속였으니 그럴만한 자격은 있다고 생각됩니다."

"늙은 생각이 매운 법이라더니……."

"한데, 어찌 그를 찾아오셨습니까?"

알카트라즈에서의 어정쩡한 모습을 완벽하게 벗어 던진 스키피오였다. 그의 눈동자는 선명했으며, 말 속에 날카로운 칼을 품고 있었다.

하지만 알프레드는 별로 말해 줄 의향이 없는지 담담하게 입을 열었다.

"여기까지 예상했었나?"

"카이론 에라크루네스는 예상 외였습니다."

이상했다. 외견상으로 분명 스키피오 아프리카누스가 적어도 열 살을 더 많아 보였다. 하지만 그 둘의 대화를 보면 스키피오가 오히려 알프레드에게 존칭을 쓰고 몸가짐이 조심스러웠다.

그리고 그 둘의 대화와 행동은 지극히 자연스러웠다.

"훗! 아홉 개의 뇌로는 부족했나?"

"어찌 지고의 존재와 견줄 수 있겠습니까?"

"비웃는 것인가?"

"어찌 감히……."

순간 스키피오의 몸이 경직되었다. 그런 스키피오를 보며 피식 웃는 알프레드였다.

"긴장할 필요 없다. 여기서 끝나지 않은 것만으로도 나는 만족하니까."

알프레드의 말에 그제야 긴장을 풀렸는지 나직하게 한 숨을 내쉰 스키피오였다.

"한데… 국왕 전하는……."

"이제는 지쳤다고 하더군. 그리고 그가 나에게 이걸 맡기면서 주고 싶은 사람이 없으면 폐기 처분하라고 하더군."

그제야 알프레드는 자신의 엄지손가락을 보여줬다. 그의 엄지손가락에는 반지라고 보기에는 너무 묵직한 것이 채워져 있었다.

"그것은……!"

스키피오는 바로 그 반지의 정체를 알 수 있었다.

"멋지지 않나?"

"…멋지군요."

스키피오는 그가 반지를 엄지손가락에 끼운 의미를 알 수 있었다.

"그것을 그에게 주실 요량이십니까?"

"글쎄. 그것은 모르겠군. 위험이 없으면 얻는 것도 없다고 하더군. 그래서 네 개의 세력 중 가장 약한 그를 택했지. 하지만 들은 정보와 실제 본 그의 모습은 상당히 다르군."

스키피오는 알프레드의 감상을 알 수 있었다. 자신도 그랬으니까.

자신의 존재를 드러내지 않으려 했지만 단번에 자신의 존재를 파악하고, 자신의 모든 것을 정리할 시간까지 준 뛰어난 존재와 그런 존재를 수족처럼 부리는 그를 말이다.

"저 또한 처음 그를 봤을 때 상당히 곤혹스러웠습니다. 아무리 훌륭한 기사라 할지라도 알카트라즈라는 그 이름 앞에서는 당황할 텐데 그는 전혀 그렇지 않더군요. 이미 모든 것을 알고 있듯이, 이런 곳은 여러 번 겪어 본 것처럼 행동하더군요."

"그렇군. 그리고……."

"……."

스키피오는 알프레드의 말을 기다렸다.

"그에게서는 종족의 향기가 나."

"……!"

그 말에 스키피오는 눈을 크게 부릅떴다.

"그 말은……."

"아니. 분명 지고의 종족은 아닐 것이야. 하지만 분명한 것은 어떤 형식으로든 지고의 존재와 관계가 있다는 것이지. 그래서 이제부터 그것을 알아볼 참이야."

"하면, 그도……."

"장담할 수는 없겠으나, 어느 정도 눈치는 채고 있을 터이지."

카이론이 사라져 간 곳을 바라보는 알프레드의 눈동자는 심유하게 가라앉아 있었다. 그런 그를 바라보며 스키피오는 무언가 불안함을 느끼고 있었고 말이다.

그리고 서서히 아주 서서히 카테인 왕국은 피의 수레바퀴 속으로 발을 들여놓고 있었다.

딱히 이런저런 전투가 벌어진 것은 아니지만 이미 카테인 왕국 전체는 알 수 없는 살기로 가득했다.

# 제6장

둥지

갑옷이 부딪히는 소리, 말발굽 소리와 쇠가 부딪히는 소리를 내며 긴 행렬이 일렬로 나아가고 있었다.

이곳은 키슬린과 뤼슨을 연결하는 길고 긴 얀트베르 계곡. 좌우로 20~30m에 이르는 수직 암반이 날카롭게 솟아 있고, 짐마차 두 대가 간신히 지나갈 수 있을 정도의 길이 계곡을 가로지르고 있었다.

물이 말라서인지 계곡은 바닥을 드러내 보이고 있었으며, 자갈길이 이어졌으나 사람이나 우마차 등이 이동하기에는 그리 어렵지 않은 길이었다.

이 길은 키슬린과 뤼슨을 오가는 상인들이 주로 이용하는 길로, 이 지역 사람이 아니면 발견하기 쉽지 않은 그런 계곡 길이라 할 수 있었다.

그런 곳을 7천이라는 대병력이 지난다는 것은 상당히 지난한 일이겠으나 이 계곡 길이 생각보다 짧아 적의 허점을 찌르고 기습적인 공격을 실행할 때는 상당히 전략적인 지형이라 할 수 있었다.

하지만 그것은 적이 이 계곡 길을 몰랐을 때의 일이지, 적이 이 계곡 길을 안다면 계곡 양쪽에서 공격당해 단번에 몰살당할 수 있는 지형임에는 분명했다.

마치 양날의 검처럼 주의하지 않으면 피를 보는 것이다.

"멍청한 폭도들이로군."

"그러게 말입니다. 이런 지형을 이용한다면 천으로 만을 전멸시킬 수 있을 터인데 말입니다."

길버트 베르게르 남작의 말에 피터 윌리암스 작전참모가 맞장구를 쳤다.

무슨 일인지 몰라도 현재 1군 토벌대를 이끌고 있는 이는 그나이우스 폼페이우스 자작이 아닌, 선봉이었던 길버트 베르게르 남작이었다.

베르게르 남작은 거만하게 말을 모는 중에 자신의 뒤를 따르는 7천의 병력을 뒤돌아보았다. 그의 얼굴에는 만족한 웃음이 떠올라 있었다.

행렬의 중간에는 한 명의 여기사가 손과 발에 마나 억제 수갑과 족쇄를 차고 있었고, 그 주변으로 30명 정도의 병력이 둘러싸고 있었다.

그 30명의 병사들. 그들은 다름 아닌 직위 해제되어 일반 병으로 강등된 그나이우스 폼페이우스 자작과 그를 따르는 기사 30명이었다.

그러한 그들을 보는 베르게르 남작은 입가에는 진득한 비웃음이 떠올라 있었다.

"멍청하고 소심한 폼페이우스. 어찌 스스로 가시밭길을 자초하는 것인지……."

"어쩔 수 없지 않습니까? 사실 특사가 가져온 내용은 상당히 파격적이었으니 말입니다."

"파격은 무슨. 어찌 귀족이자 폭도들을 제압해야 할 토벌대의 사령관이 그들과 협상을 하겠는가? 폭도는 폭도일 뿐, 그 이상도 이하도 아닌 것을. 역시 평민 출신이라서 그런가 결단력이 부족해."

"옳으신 말씀입니다. 평민 주제에 자작의 자리에 오른 것만으로도 대단하다 할 것이나 그것이 한계이겠지요."

둘은 죽이 척척 맞았다. 기실 폼페이우스 자작이 작위가 해제되고 일반병으로 강등된 데에는 이 둘의 공작이 상당히 주효했다 할 수 있었다.

같은 국왕파라지만 평민 출신으로 자작의 자리에 오른, 더군다나 토벌대의 사령관으로 내정된 폼페이우스 자작을 탐탁지 않게 생각하고 있던 터였다.

그런데 폭도들의 특사가 진중에 당도했다. 그에 폼페이우스는 평소와 다르지 않게 특사가 가져온 내용을 지휘관급 귀족들에게 공개했고, 귀족들은 일고의 가치도 없음을 피력했다.

하지만 이것이 비록 계략이라도 전력을 비축할 수 있고, 원거리를 이동하지 않아 피로가 가중되지 않는다면 결코 나쁘지 않은 제안이라는 것을 귀족들에게 피력했던 폼페이우스 사령관이었다.

알카트라즈는 철옹성과 같은 곳이기에 몇 천으로 성을 공략하기란 쉽지 않았다. 알카트라즈가 점령된 데에는 내부에서 들고 일어났기 때문이었다.

또한 알카트라즈는 지형적으로 너무 외진 곳에 있었고, 적국과 가까이 위치해 있었다.

그렇지 않아도 파벌 싸움으로 인해 내전의 기운이 넘치는 가운데, 괜히 분란을 일으키면 국경마저 위태로울 수 있었다.

폼페이우스 자작은 적의 계략을 이용한다면 이런 부분을 극복할 수 있다고 생각했다. 하지만 그것은 오로지 그만의 생각이었다.

그를 제외한 모든 귀족은 공을 세우는데 혈안이 되어 있었다. 어서 빨리 달려가 알카트라즈의 폭동을 잠재워야 하는데, 고작 죄수들에 지나지 않은 폭도들과 협상을 한다니 마음에 들지 않을 수밖에 없었다.

그에 왕도로 사람을 보내 독전관을 청했다.

독전관 역시 귀족주의로 똘똘 뭉친 바, 귀족들의 의견에 전적으로 동의함에 폼페이우스 자작이 알카트라즈의 폭도들과 결탁하여 일부러 토벌을 차일피일 미룬다 보고했다.

그에 재상은 곧바로 직위와 작위를 회수하고 일반병으로 강등시켰다. 사실 폼페이우스는 오로지 국왕의 명만 받드는 자로, 재상 측에서도 상당히 골치 아픈 존재였다.

어차피 어렵지 않을 토벌이니 아무나 사령관이 된다 해도 문제없었다.

문제는 준동하고 있는 귀족파와 중도파의 움직임이지 토벌대가 아니었다.

평소의 재상이었다면 이런 무리수를 두지 않았을 것이나, 발등에 불이 떨어진 지금 그의 시야에서 벗어난 일에 신경을 곤두세우고 있을 수만은 없었다.

"본 작 같았으면 이런 좁은 지형을 미리 파악해 병사들을 잠복시켜 허리를 자르고 일거에 쓸어버릴 터인데 말이야. 역시 죄수들이란 것인가?"

"그것이 죄수들의 한계 아니겠소?"

중앙에서 파견된 독전관은 돌아가지 않았다. 그는 남아서 토벌대의 기강이 해이해지는 것을 막아야만 했으니 말이다.

물론 임시 사령관이 된 게르베르 남작이 찔러주는 뇌물이 상당히 마음에 든 탓도 있었다.

그들이 그렇게 알카트라즈를 점령하고 폭도가 되어버린 죄수들을 비웃고 있을 때, 그들이 볼 수 없는 곳에서 그들을 바라보는 날카로운 눈동자가 있었다.

다름 아닌 카이론과 라마나였다.

"방심하고 있군."

"정보가 차단당한 상황에서 그들이 할 수 있는 최선일 것입니다."

"……."

라마나의 설명에 카이론은 말없이 고개를 끄덕였다.

"시작하지!"

카이론의 말에 지체 없이 명을 내리는 라마나였다.

"공격하라!"

"우와아아!"

그것이 시작이었다.

한참 죄수들과 평민으로 강등되어 버린 폼페이우스를 비웃던 이들에게 천둥 같은 함성과 함께 화살과 바윗돌, 불붙은 통나무가 수없이 쏟아져 내렸다.

"저, 적이다!"

"기습이다!"

"방어 대형! 방어 대형을 갖춰라!"

"침착! 침착하라!"

순식간에 아수라장이 되어버린 토벌군의 진영. 그에 선두에 서 있던 게르베르 남작과 윌리암스 작전참모, 그리고 알렉스 스웬델 독전관은 황망하게 말을 몰아 빠져나가며 외쳤다.

"신속하게 이탈한다! 이탈하란 말이다."

딴은 상당히 정확한 명령이었다. 깎아지른 듯한 양쪽 절벽에서 쏟아져 내리는 바윗돌과 불붙은 통나무를 막는 것이란 불가능하다.

그렇다면 그가 선택할 수 있는 것은 몇 가지 안 된다. 신속하게 이탈하거나 절벽과 같은 산을 타고 오르는 것뿐이다.

하지만 후자의 경우는 솔직히 불가능이다. 덕지덕지 매달고 있는 장비를 가지고 절벽을 탄다는 것은 말이 안 되니, 결국 선택할 수 있는 것은 신속하게 계곡을 벗어나는 것이다.

오합지졸이라 하나 정확한 명령과 행군을 하는 동안 했던 훈련이 빛을 보는지, 앞과 뒤로 갈린 행렬이지만 빠르게 계곡을 벗어나려 했다. 하지만 모든 것은 꼭 생각한 대로, 계획한 대로만 이뤄지지 않는 법이다.

"공겨억! 공격하라!"

가장 선두에서 빠르게 달리던 게르베르 남작은 계곡의 출구 쪽에 모습을 드러내는 병력을 보고 지체 없이 명령을 내렸다. 지금 이 상황에서는 보나마나 적이기 때문이었다.

"창 있나?"

카이론은 곁에 있던 누군가에게 말을 건넸고, 이내 창 한 자루가 그의 손에 잡혔다. 그는 창을 받아든 즉시 던졌다.

퀘에엑!

창이 날아갔다. 게르베르 임시 사령관은 자신을 향해 일직선으로 날아오는 창 한 자루를 볼 수 있었다.

창을 던지기에는 너무 먼 거리. 하지만 상대는 그 거리를 무시하듯 창을 던졌고, 창은 곧장 자신을 향해 쇄도했다.

설핏 비웃음이 걸렸다. 인간이란 힘의 한계가 있는 법이다. 거리를 무시하고 날아올 수는 있을 것이다. 하나, 결코 그 힘이 그대로 전달될 리는 없었다. 그저 견제의 의미일 뿐일 것이다.

그에 그는 마상 장검을 꺼내 들고 창을 베어 들어갔다.

치이이이잉!

"어?"

잘렸어야 했다. 그래야만 했다. 하지만 잘리지 않았다.

검날에 전해지는 기이한 감각. 창두에 의해 검날이 갈라지고 있었다.

'어떻게?'

게르베르 임시 사령관의 눈이 커졌다. 그 순간 그에게 날아간 창은 그의 검을 자르고 미간을 정확하게 꿰뚫었다.

창을 집어 던진 카이론은 어느새 언월도를 빼어 들고 전장을 향해 뛰어들고 있었다.

"어? 어!"

촤아아악!

언월도를 아래에서 위로 그어 올림과 동시에 치솟아 오른 카이론.

그의 유려한 언월도를 따라 독전관과 작전참모의 검붉은 핏물이 솟구치고 있었다.

카이론의 뒤를 키튼과 미켈슨, 프라이머, 해머슨이 따랐다.

콰아아앙!

"막아!"

폼페이우스와 서른 명의 기사들.

그 기사들은 한 명의 여기사를 철저하게 보호했다. 어쩌면 이 여기사가 그들의 생명줄이 될 수도 있음이니 말이다.

폼페이우스와 기사들은 비록 작위와 직위를 잃고 평민이 되었으나 실력마저 사라진 것은 아니었다.

7천의 병력 중 그들을 실력으로 어찌할 수 있는 이는 없었다. 그것이 일반병으로 강등되었음에도 불구하고 베르게르 임시 사령관이 그들을 배척하지 않고 진 중간에 둔 이유였다.

어찌되었든 그들의 실력은 최고였으니까.

카이론은 떨어져 내리자마자 언월도를 수평으로 둥글게 휘둘렀다.

카라라랑!

마나를 시전하지 않았고 상대를 물러나게끔 하기 위한 공격이었기에 기사들은 방패로 충분히 언월도를 막아낼 수 있었다.

방패와 카이론의 언월도가 부딪히며 불꽃을 튀겼다.

"크읍!"

하지만 기사들은 단말의 신음을 흘려야만 했다. 방패를 통해 전해져 오는 강대한 힘은 뼈가 시릴 정도였기 때문이었다.

"누구냐!"

"카이론 에라크루네스."

"네가 주동자인가?"

"그렇다고 할 수 있지."

너무나도 담담한 카이론의 대답에 폼페이우스는 상황이 심상찮음을 느낄 수 있었다. 그리고 그는 볼 수 있었다. 병사들의 복장이 참으로 다양하다는 것을 말이다.

그리고 그중에는 그가 알고 있는 카플루스 자작 역시 있었다.

"2군과 3군의 병력인가?"

"그렇다고 할 수 있지."

"적어도 1만은 넘는군. 다 죽인 건가?"

2군과 3군의 병력을 흡수했다면 적어도 2만에 가까워야 했다. 하지만 계곡의 입구와 출구를 가로막고 짓쳐드는 병력은 겨우 1만을 조금 넘어보였다.

"잘못됐나?"

"포로는 없는 것인가?"

"잘못 알고 있군. 우리는 폭도지 정규 병력이 아니다."

"내가… 보기엔 정규 병력으로 보이는군."

확실히 이들은 체계적이었다. 죄수들과 2군, 3군 병력이 혼합되어 있다지만 정확하게 자신의 역할을 분담하고 있었으며, 진퇴가 자연스러웠다.

그 짧은 기간에 이 정도로 병사들은 조련해 낼 수 있다는 것이 믿을 수 없을 정도였다.

"오합지졸로 보이는군."

카이론은 1군 병력을 보며 그렇게 말했다. 그에 폼페이우스는 고소를 떠올렸다. 자신도 안다. 지휘관이 없으니 명령 계통이 제대로 서지 않았고, 덕분에 병사들과 기사들은 비명을 지르면서 죽어가고 있었다.

툭!

폼페이우스는 들고 있던 검을 집어던졌다.

"자작님!"

그에 기사들이 다급하게 외쳤다. 폼페이우스는 카이론을 바라봤다.

"항복하겠다. 저들을 살려줄 수 있나?"

폼페이우스의 말에 카이론은 치열하게 전개되고 있는 전

장을 바라봤다. 그러다 들고 있던 언월도를 어깨에 걸쳤다.

"항복하면……."

그의 말에 고개를 끄덕인 폼페이우스였다.

"항복하라! 항복하라!"

그가 외쳤다. 일순 병사들과 기사들의 시선이 그에게로 향했다. 그는 이제 일개 병사였다. 하지만 아직까지 기사들과 병사들은 그를 따르고 있었다.

그의 항복하라는 말에 기사가 검을 놓았고, 병사가 방패와 창을 던졌다.


전투는 끝났다. 1군 소속의 기사들과 병사들이 한데 모였다.

"종군을 원하는 자는 좌측, 귀환을 원하는 자는 가운데, 이도 저도 아닌 경우 우측."

병사와 기사들의 분류가 시작되었다. 그 동안 카이론은 폼페이우스와 마주 앉아 있었다.

그리고 폼페이우스는 볼 수 있었다. 예니체리 사단의 진정한 모습을 말이다.

과거의 명장들이 이곳에 있었다.

장인에게 버림받은 마르탄 카플루스 자작, 르위스 공작과의 정쟁에서 밀린 마르쿠스 B. 아그리파 백작, 맥그로우 가문의 장녀 캐슬린 맥그로우, 중도파의 한 축인 벨라루스 후작 가문에 의해 멸문한 웰링턴 가문의 아서 W. 웰링턴…….

그 외에도 많은 자들이 있었다. 무자비한 상관의 명령에 불복종한 군인, 정당치 못한 귀족을 살해한 용병, 평민을 구했다는 명목으로 군사 재판에 회부된 자 등… 이들 중 정당하지 않은 자는 아무도 없었다.

폼페이우스는 이들이 이렇게 짧은 기간 강해진 이유를 알수 있었다. 거기에 무려 1,300명에 이르는 엄청난 수의 익스퍼트까지.

단일 전력으로 이들을 감당할 수 있는 전력은 어디에도 없을 것이다.

"무시무시한 전력이군."

"근거지조차 없는 전력이지."

"만들고자 한다면 못 만들 것도 없지 않나."

"어디가 좋을까?"

"……."

적장에게 근거지가 어디가 좋을까를 물어보고 있었다. 폼페이우스는 그런 카이론을 쏘아보았다. 하지만 카이론은 담담하기 그지없었다.

아무 일도 아니라는 듯한 그 태도에 어이가 없었다.

"보아하니 참모진이 꽤나 유능해 보이던데……."

"물론, 그렇지만 현실 감각은 조금 더 가다듬어야겠지. 오랫동안 세상과 단절되어 있었으니까."

"그도 그렇군."

그들의 대화는 단절되었다. 그 단절은 꽤 오랫동안 유지되었다. 그러다 폼페이우스가 먼저 입을 열었다.

"이 폭동은 성공하지 못할 것이야."

"왜?"

"명분이 없기 때문이지. 정치도, 전쟁도 결국 명분 싸움이거든. 개개인의 원한과 복수심이 더 큰 당위성과 명분을 만들어내지 못하고 있어."

"명분이라……."

명분이라는 말에 카이론이 혼잣말을 되뇌었다. 그에 알프레드가 다가왔다.

"그 명분은 내가 만들어 줄 수 있겠군."

둘의 시선이 알프레드에게로 향했다.

알프레드는 품속에서 하나의 둘둘 말린 고급스러운 양피지를 꺼내 둘 사이의 탁자 위에 올려놓았다.

카이론은 주저 없이 양피지를 풀어 읽어 내렸다. 그리고 그것을 다시 폼페이우스에게 보여줬다.

양피지를 읽는 동안 폼페이우스의 눈동자는 점점 커졌다. 마치 자신이 관여해서는 안 되는 왕국의 비사를 보는 것 같은 그런 눈동자였다.

그러기를 한참. 그는 마침내 들고 있던 양피지를 내려놓았다.

그것을 집어 라마나에게 전하는 카이론.

"모두에게 전해."

"명을 따릅니다."

라마나는 즉시 양피지를 읽고 밝은 얼굴로 지휘관들과 병사들에게 전파했다.

가문이 복권되고 죄가 사라졌다.

모든 것이 사라졌지만, 모든 것이 되살아 난 것이었다.

"이제 명분이 생겼군."

"……."

침묵하는 폼페이우스. 국왕의 인장이 찍힌 친서. 그것은 무엇을 의미하는가?

그것은 다시 왕국을 일으키기 위한 마지막 몸부림이라 할 수 있었다. 그리고 그것을 바로 귀족파나 국왕파, 혹은 중도파에 맡기는 것이 아닌, 알카트라즈에서 벗어난 이들에게 맡기고 있는 것이다.

"어디가 좋을까……."

카이론은 다시 중얼거렸다. 마치 들으라는 듯이. 그의 물음에 그 누구도 답을 하지 않았다. 심지어는 알프레드나 스피키오조차도.

그것은 카이론이 지금 폼페이우스의 의견을 구하고 있기 때문이었다.

아니, 어쩌면 합류를 종용하고 있는지도 몰랐다.

폼페이우스는 풀어주기에는 너무 위험한 자였다. 일반병으로 강등되었음에도 불구하고 그의 명에 움직이는 병사들을 보면 안다.

그는 그런 사람이었다. 직위나 작위가 없어도 모두가 따르고 싶어 하는 그런 지휘관 말이다.

"…랭글로스가 적당하겠군."

마침내 폼페이우스가 입을 열자 고개 끄덕이는 카이론이었다. 그때를 같이 하여 그의 뒤에 있던 본부연대장 캐슬린 맥그로우가 보고를 시작했다.

"현재 총병력 12,173명, 3개 전투 연대와 1개 전투 지원 연대, 1개 특전대로 편성을 마쳤습니다. 다음 명령을."

"선두는 특전대대가, 후미는 3 전투 여단이 맡는다. 행군 시작은 명일 오전 8시. 목적지는 랭글로스."

"명!"

그리고 이어지는 스키피오의 설명.

"랭글로스. 남부의 중심지라 할 수 있으며, 스투크스 강의 지류인 시스테인 강이 영지를 남북으로 가르고 있습니다. 중심은 시스테인 강의 중심에 위치한 시스테인 성입니다. 남으로는 골드플레인이라 불리는 비옥한 농토가 있고, 3면이 산으로 가로막혀 있습니다."

잠시 설명을 멈춘 스키피오는 이내 말을 다시 이었다.

"주요 거점을 연결하는 성으로는 하이델베르크, 호엔슈방가우, 노이슈반슈타인 성이 있으며, 시스테인 성을 중심에 두고 삼각형으로 포진되어 있습니다. 각 성의 병력은 5백에서 1천 명 수준으로 상당히 정련된 정예 병력이라 할 수 있습니다. 현재 랭글로스의 영주는……."

말을 흐린 스키피오는 무표정하게 자신의 말을 듣고 있는 폼페이우스를 바라봤다.

스키피오의 시선을 받은 스키피오는 자신의 눈앞에 있는 작은 술잔을 단번에 들이킨 후 소리 나게 내려놓으며 입을 열었다.

"로드리고 디아즈 남작으로 기사라기보다는 행정관에 가까운 평민 출신 귀족이지."

"만만치 않겠군."

"만만했으면 평민 출신 귀족이 남부의 노른자위 영지를 지금껏 유지할 수 없었겠지."

"방법은?"

"있겠지. 하지만 내 눈으로 한 번은 더 보아야 하지 않을까?"

"까다롭군."

"워낙 실패를 많이 해서 말이지."

그러면서 폼페이우스가 슬쩍 빠졌다. 그에 카이론은 지휘관 회의를 소집했다.

스키피오는 랭글로스 지역에 대한 설명을 했고, 참모부를 구성하고 있는 참모들은 한 자리에 모여 열띤 토론을 하기 시작했다.

"전격전이 좋지 않을까 합니다."

"그러기에는 아군의 기동력이 많이 떨어집니다. 지금까지 확보한 전투마는 대략 1천 정도. 그 이외에는 모두 짐말입니다. 전격전을 하기는 어렵다는 이야기지요."

"전격전이 통하지 않는다면 딱히 방법이 없습니다. 1만 2천이라는 병력이 있지만 네 개의 성을 떨어뜨리기에는 모자라요. 한 성을 점령하기 위해서는 적어도 3배 이상의 병력이 필요한 법. 그리고 결정적으로 아군에게는 공성 장비가 없습니다."

갑론을박이 진행되고 있었다. 그 모습이 폼페이우스에게는 상당히 이례적으로 다가오고 있었다. 참모부가 있는 것도 그렇고 말이다.

보통은 지휘관급의 인사들을 모아놓고 상황을 설명하고 그것에 대해 의견을 나누는 식이었다.

이렇게 전문적으로 참모부를 두는 경우는 드물었다.

딱!

카이론이 회의 탁자를 두드렸다. 그러자 마치 거짓말처럼 진행되던 갑론을박이 중지되었다. 그리고 스키피오가 입을 열었다.

"특전대대가 먼저 출발해 전격전을 실시한 후 후발대로 본

대가 점령전을 실시하는 것이 가장 적당하다는 의견입니다."

카이론은 고개를 끄덕였다. 그리고 입을 열었다.

"특전대대는 나와 함께 노이슈반슈타인 성을 공격한다. 1연대는 하이델베르크 성을, 2연대는 호엔슈방가우 성을 포위한다. 3연대는 병력을 네 개로 나눠 각 중요 길목에 매복, 연락을 차단한다. 본부연대는 시스테인 성으로 향하는 남북 교량을 지킨다. 연락은 각 중대급까지 보급된 통신 네크리스로 한다. 이상!"

마침내 카이론의 결단이 내려졌다. 그에 스키피오와 라마나가 적절하게 병력과 참모를 분배시키고 이동시 연락 수단을 각 소대급까지 배급했다.

마치 하나의 잘 짜인 톱니바퀴처럼 완벽하게 맞물려 돌아가고 있었다.

감탄할 수밖에 없었다.

'이들은 죄수가 아니다. 정예 중 정예다.'

그랬다. 단면이지만 이들이 의견을 모으고 병력을 분배시키는 것까지 모두 지켜보았다. 걸리는 것은 없었다. 마치 물 흐르듯 자연스럽게 하급 부대까지 모든 것이 흘러가고 있었다. 완벽하게 이상적인 군대 체계라 할 수 있었다.

'부럽군.'

군인이라면 이런 군대를 한 번 지휘해 보는 것이 소원이다. 이런 완벽한 군대로 전투를 치러보고 싶다.

그러다 문득 그는 씁쓸한 웃음을 지어 보였다. 병사가 죽는 것을 싫어하면서 전투를 생각하고 있는 자신의 모습을 발견하고는 말이다.

하지만 가슴이 두근거리는 것은 어쩔 수 없었다. 그런 그의 내심을 읽은 것일까? 카이론이 그에게 말을 건넸다.

"같이 가겠나?"

"그러지."

생각하고 자시고도 없었다. 곧바로 답하는 폼페이우스.

"그럼 출발하지. 갈 길이 머니."

카이론이 막사를 벗어났을 때, 전장은 이미 완벽하게 정리되어 있었다. 포로는 없었다. 그렇다고 죽인 것도 아니었다.

종군하고자 하는 병사는 들이고 원하지 않는 자는 일정한 금액과 먹을 것을 주고 풀어주었다.

추방당한 이들 중 일부는 그들에게 저주를 퍼부어댔지만 캐슬린 맥그로우가 날린 창에 혼비백산하여 뒤도 돌아보지 않고 달아나기 바빴다.

종군을 원하는 병사는 징집병이 아닌 원래 병사를 했던 이들로, 짧은 시간이지만 완벽하게 적응했다. 기존의 병사들 역시 이미 겪었던지라 그들을 배척하지 않고 수월하게 받아들였다.

그들 대부분은 지휘관에게 버림받은 경험이 있었으니까 말이다.

**\*     \*     \***

카이론은 특전대와 함께 빠르게 말을 몰아 그가 목표로 한 노이슈반슈타인 성을 향해 달렸다. 이 전투는 시간 싸움이라 할 수 있었다.

얼마나 빨리, 그리고 최대한 발각되지 않는 것이 중점이었다.

그러기 위해서 카이론은 평탄한 길보다는 룹슨 산과 커튼 산을 통과하는 어려운 길을 통해서 이동해야만 했다.

게다가 낮에는 쉬고 밤에만 이동하는 극한의 이동 방법을 선택할 수밖에 없었다.

하지만 그리 나쁘지는 않았다. 기본적으로 특전대의 모든 인원은 마나를 다룰 줄 안다. 덕분에 이동 속도는 은밀하고 신속했으며, 마치 평탄한 길을 달려가듯 빠르게 이동할 수 있었다.

그리고 마침내 일주일 만에 그들은 그들이 목표한 곳에 도착할 수 있었다.

그들은 어둠 속에서 노이슈반슈타인 성을 관찰할 수 있는 거점까지 점령했다. 그리고 적정을 감시하며 기다렸다. 사전 계획된 작전 지역에 모든 부대가 도착할 때까지 말이다.

그것은 시간이 걸리는 일이었다. 말을 이용해 산길을 이동

한 것은 특전대뿐이고, 그 이외의 병력은 신분을 감추고 밤을
낮 삼아 해당 작전 지역으로 이동해야만 했으니까 말이다.

　그리고 마침내 계획한 날짜가 되었다.


　"보고."

　[뉘른의 하이델베르크 준비 완료!]

　[스테슈빈 호인슈방가우 준비 완료!]

　[골드플레인 트윈 브릿지 준비 완료!]

　[접근 목표 네 개 지점 점거 완료!]

　카이론의 말에 네 번의 보고가 들려왔다.

　"현 시간부로 작전에 돌입한다."

　[명!]

　통신을 끝낸 카이론이 신형을 돌려 세우며 입을 열었다.

　"사상자는 최소화하여 항복을 받아낸다."

　"……."

　답은 없었다. 은밀함을 요하는 작전에서 답을 하는 것 자체
가 불필요한 요식행위니까.

　"1전대는 북문, 2전대는 남문, 3전대는 동문, 4전대는 서문
으로 진입한다. 나머지 1백은 각 성문 진입로를 점거한다. 진
입 시간은 자정. 나와 대대장은 바로 본성으로 진입한다. 질
문은?"

　이미 사전 브리핑이 있었기 때문에 별다른 질문이 있을 리

가 없었다. 카이론은 고개를 끄덕이며 다시 입을 열었다.

"작전 개시."

그에 임무를 하달받은 인원은 빠르게 각자 맡은 곳으로 흩어졌다.

카이론과 특전대대장 불카투스는 말없이 그들을 바라보다가 그들이 완전히 어둠 속으로 사라져 분간할 수 없게 되자 움직이기 시작했다.

그들은 거대한 체구임에도 불구하고도 완벽하게 어둠과 동화되어 있었다.

전투를 함에 있어 부수는 것만이 능사가 아님을 너무도 잘 아는 그들. 이번 작전의 요체는 병력의 손실을 최소화하면서 랭글로스를 수중에 넣는 것이었다.

그들은 달리는 속도 그대로 벽을 타고 뛰어 올랐다. 거의 10미터에 이르는 성벽이라지만 그들에게는 별달리 어려움을 느끼게 하지 못했다.

타다닥!

몇 번의 손짓과 발짓만으로 완벽하게 성벽에 오른 그 둘은 서로를 바라보며 고개를 끄덕인 후 정반대 방향으로 흩어졌다.

카이론의 움직임은 은밀하지만 보통의 사람으로서는 눈으로 좇을 수조차 없을 정도로 빨랐다.

최대한 빠르게 끝낼 생각이었다. 순식간에 외상과 내성 사이를 가로지르고 내성의 벽을 타고 뛰어 올랐다.

"누⋯⋯."

투둑!

2인 1조로 이뤄진 경계병에게 발각되는 순간 카이론은 그들을 기절시켰다. 굳이 죽일 필요는 없으니까 말이다. 아직까지 이들은 적으로 간주되지 않았으니까.

그리고 다시 성벽을 타고 내려가 영주성으로 진입하는 카이론.

늦은 시간이지만 노이슈반슈타인의 영주는 아직 취침에 들지 않은 듯 보였다.

영주성은 외성 및 내성과는 다르게 불이 훤하게 밝혀져 있었다. 또한 경계 구간도 짧았으며, 순찰에는 병사뿐 아니라 기사들도 있었다.

순찰과 순찰 사이의 간격은 10분. 그 짧은 간격 동안 카이론은 일렁이는 횃불의 그림자처럼 영주성으로 스며들어 수직으로 뛰어 올랐다.

유독 커다란 창문과 밝은 불빛을 뿜어내는 곳. 바로 이 퓌센 지역을 다스리는 영주의 집무실이라 할 수 있었다.

창문이 없는 회랑으로 떨어져 내린 카이론.

"누구냐!"

기사 한 명과 병사 둘이 외쳤다. 병사들은 창을 겨누려 했고, 기사는 검을 뽑아 들려 했다. 하지만 그들은 자신들의 행동을 마칠 수 없었다.

떨어져 내릴 때보다 두 배는 빠르게 움직인 카이론이 어느 새 그들의 후방을 점하고 목의 숨골을 가볍게 가격해 기절시 켰기 때문이었다.

'헉' 소리조차 내지 못하고 쓰러지는 병사 둘과 기사. 카이 론은 재빨리 그들의 신형을 받아 들고 소리가 나지 않도록 회 랑의 벽에 기대었다. 그리고 영주의 집무실로 걸음을 옮겼다.

끼이이익!

집무실의 경첩이 비명을 지르며 스르르 열렸다.

딸깍!

집무실의 문이 닫혔음에도 불구하고 영주는 서류에 파묻 혀 얼굴조차 들지 않았다.

"무슨 일인가?"

"……."

들려오는 소리가 없었다. 그에 평소와 다른 느낌이 들었던 지 조심스럽게 왼손을 책상 아래로 내리려는 순간이었다.

"누르지 않는 것이 좋을 거야."

어느새 영주의 코앞에 서늘하게 날이 선 카이론의 언월도 가 위협적인 모습을 드러내고 있었다. 그에 영주는 재빠르게 두 손을 들어 올리며 야심한 시각에 대범하게 영주의 집무실 을 침입한 자를 바라보았다.

"누군가?"

"카이론 에라쿠르네스."

"처음 들어보는 이름이로군."

"상당히 침착하군."

"죽일 의향이었으면 벌써 죽였겠지. 뭔가 원하는 것이 있는 것 아닌가?"

"똑똑하군."

"원하는 것은?"

"랭글로스."

"……."

카이론의 말에 잠깐 의문이 담긴 시선으로 그를 바라보더니 이내 무엇을 깨달았는지 흠칫하는 표정으로 입을 여는 영주였다.

"가능하다고 보는가?"

"듣기로 이곳을 다스리는 로드리고 디아고 남작은 상당히 어진 자로 영지민들이 상당히 의지한다고 하더군."

"그들을 볼모로 잡을 생각인가?"

"말했을 텐데? 랭글로스를 원한다고."

콰앙!

그때 집무실의 문이 산산조각 나며 거구의 사내가 안으로 들어섰다.

영주는 박살난 집무실의 문을 보며 마른침을 삼켰다. 그곳에는 성인보다 더 커 보이는 배틀액스를 든 자가 험악한 기세를 뿜어내고 있었기 때문이었다.

바로 불카투스였다. 그의 얼굴은 지금 상황이 별로 마음에 들지 않는 것 같았다. 전면전도 아니고 몰래 숨어들어야 한다니 말이다. 그러하기에 애꿎은 집무실의 문에 분풀이를 하고 있는 것이었다.

아마도 그가 거쳐 온 곳에는 몇 구의 시체가 있을 것이다. 굳이 죽이지 않아도 되었지만 불카투스라면 그냥 지나치지는 않았을 것이다.

그리고 이내 가라앉은 불카투스의 음성이 들려왔다.

"성은 완벽하게 점령했지만 마음에 들지는 않는군."

"다른 곳은?"

"작전대로."

"좋군."

카이론과 불카투스의 대화였다. 앞뒤 자르고 그들이 대화 가능한 만큼만 말하는 그들이었다. 하지만 영주는 그들의 대화가 무엇을 의미하는지 충분히 깨달은 듯했다.

그에 카이론은 그의 목에 대었던 언월도를 수납했다.

"이러고도 무사할 것 같소?"

"괜한 심력을 쓰지 않는 것이 좋아."

"⋯⋯."

단번에 자신의 생각을 읽어 내리는 카이론이었다. 그에 영주는 입을 닫을 수밖에 없었다.

'이자들 철저하게 모든 것을 파악한 자들이다. 도대체 누구란 말인가?'

"이곳은 자네가 맡게."

"그러지."

카이론은 생각보다 손쉽게 노이슈반슈타인 성을 장악함에 괜히 왔나 싶은 생각이 들었지만 이내 생각을 지웠다.

불카투스의 성정상 자신이 따라붙지 않았다면 이곳에서 살아남는 사람은 거의 없을지도 몰랐다.

"그리고 명심해. 우리는 이곳을 얻기 위해서 왔다는 것을 말이야."

"숨어드는 것이 불만일 뿐. 개인적인 불만으로 작전을 망칠 이유는 없지."

"좋군. 그리고 전령을 보내."

카이론의 말에 고개를 끄덕이는 불카투스.

거구지만 그는 멍청하지 않았다. 오히려 영악하다 할 수 있을 정도였다. 그러한 그가 카이론이 말한 의미를 모를 리 없었다.

"압박할 셈이로군."

"우리는 근거지를 빨리 마련할 필요가 있어. 언제까지는 떠돌 수는 없으니까."

"그렇군."

"부탁한다."

그 말을 남기고 카이론은 박살 난 문으로 걸음을 옮겼다.
그런 카이론을 보며 불카투스는 나직하게 되뇌었다.

"부탁한다? 부탁한단 말이지?"

괜히 기분이 좋았다. 수직적인 것이 아니라 수평적이라는
말이었으니까.

"도대체 당신들은 누구요?"

"예니체리."

"예니체리?"

"얼마 전까지 알카트라즈에서 죄수로 있었지. 그건 그렇고
우선 우리끼리 면담을 해야 할 것 같군. 아무래도 병사들과
기사들을 무장해제시키고, 이곳 사정을 상세히 알려줄 전령
을 보내야 해서 말이야."

"로드께서는 절대 굴복하지 않을 것이오."

"정말 그렇게 생각하나?"

"……"

불카투스의 말에 영주는 확실하게 답을 할 수 없었다.

인정하고 싶지 않지만 자신의 로드는 지금 상황에서 최선
이 무엇인지 잘 알 것이다. 그리고 원군조차 요청할 수 없는
상황에서 어떻게 해야 할지도 말이다.

\*          \*          \*

"마이 로드……."

"이번에는 어딘가?"

"하이델베르크 성입니다."

"한 곳은 점령당하고, 두 성과 외부로 향하는 주요 거점은 봉쇄. 게다가 남북을 잇는 트윈 브릿지마저 저들에게 봉쇄당한 것이로군."

"…그렇습니다."

침중하게 기사단장인 마틴 헤글러가 답을 했다.

"저들이 원하는 것이 뭘까?"

"그야……."

"저들은 지금 무력시위를 하고 있는 것이네. 점령한 성에서조차 사망자가 몇 명 발생하지 않았네. 그리고 완벽하게 본작의 영지를 봉쇄하고 있네."

"……."

헤글러 단장은 침묵할 뿐이었다. 모든 길목이 차단당해서 병력을 소집할 수조차 없었다. 오로지 본성의 병력으로만 버텨내야만 했다.

트윈 브릿지만 어떻게 잘 방어한다면 본성은 그리 어렵지 않게 방어할 수 있을 것이다.

하지만 자신의 로드는 그렇게 생각하고 있지 않는 듯했다. 적들은 또 다른 노림수를 가지고 있을 것이라 예상하고 있는 것이었다.

하기는 그렇기도 했다. 너무나도 전격적인 움직임이었다.

똑! 똑!

그때 다시 집무실의 문을 두드리는 소리가 들려왔다. 그리고 예의 한 명의 기사가 집무실로 들어왔다.

"무슨 일인가?"

"특사가 도착했습니다."

"특사?"

헤글러 기사단장은 눈살을 찌푸렸다. 각 성으로부터 전령이 도착한 지 얼마 지나지 않았다. 그런데 또 특사가 도착하다니.

"전령이 아닌 특사란 말이지……."

순간 로드리고 디아고 남작은 곰곰이 생각에 잠겼다.

"저… 어떻게."

"아! 들이게."

단 하룻밤에 영지를 완벽하게 봉쇄한 자들이다. 피해 상황은 전무. 그들이 노리는 것은 무엇일까? 도무지 알 수가 없었다.

디아고 남작은 머리가 지끈거리는 것 같았다.


그가 고민에 고민을 하는 동안 특사라고 알려진 이들이 집무실 안으로 들어섰다. 세 명이었다. 거대한 체구의 사내가 가장 선두에 섰고, 그 뒤로 여기사 한 명과 침착해 보이는 중년인이 그를 따르고 있었다.

디아고 남작은 자리에서 일어나 그들을 회의 탁자 앞으로 그들을 안내했다.

"앉으시오."

"고맙습니다."

중년인이 입을 열었다. 거대한 체구의 사내는 그저 무표정하게 앉을 뿐이었다.

적진의 한가운데에 있음에도 불구하고 전혀 긴장하거나 흔들림조차 없었다. 어찌 보면 여유롭기까지 했다.

하나 침착하기는 디아고 남작 역시 마찬가지였다. 디아고 남작의 뒤로 헤글러 기사단장이 긴장한 채 특사 세 명을 노려볼 뿐이었다.

"알겠지만 본 작은 랭글로스를 다스리는 로드리고 디아고 남작이오."

"카이론 에라크루네스요."

"……?"

디아고 남작은 눈살을 찌푸렸다. 단답형으로 답을 하는 카이론에 조금은 짜증이 났고, 들어 본 적이 없었기 때문이었다.

"전 6특전여단의 5전대장이었고, 불미스러운 일로 알카트라즈의 죄수이셨다 국왕 전하의 특명으로 누명을 벗고 이제는 남작이 되셨습니다."

스키피오가 부가적인 설명을 했다. 그에 디아고 남작과 헤글러 기사단장은 살짝 놀란 표정을 지어 보였다.

6특전여단의 5전대장이라면 소문을 들어 알고 있었다. 당시 그 사건은 귀족 사회의 큰 이슈였으니까 말이다.

디아고 남작은 그 사건을 접하면서 정쟁의 희생양이 된 것을 단번에 꿰뚫어 볼 수 있었다.

당시 디아고 남작은 현 귀족들의 행태에 크게 한탄한 적이 있었다.

그런데 그 사건의 주인공이 바로 자신의 눈앞에 있는 사람이라니 놀라지 않을 수 없었다.

"사람은 죽을 때가 되면 정신을 차린다고 하더니……."

디아고 남작의 말에 스키피오는 슬쩍 미소를 떠올렸다. 무언가 말이 통할 것 같았기 때문이었다.

"한데 지금의 상황은 우리를 압박하는 것이오?"

디아고 남작이 이렇게 물어볼 수 있었던 근본적인 이유는 이들은 전쟁을 원하지 않는다는 것을 깨달았기 때문이었다.

만약 전쟁을 원했다면 이렇게 형식적인 절차를 밟지 않았을 것이기 때문이었다.

그리고 이 모든 일을 벌인 장본인이 대담하게 직접 자신을 찾아와 그 모든 추측을 사실로 만들고 있었다.

"능력을 보인 것입니다."

"랭글로스쯤은 언제든지 점령할 수 있다는 것 말이오?"

"상대가 누구든 상관없지 않을까 합니다만……."

"지금 그 말. 반역을 획책하고 있다고 봐도 무방한 것이오?"

담담하지만 스키피오가 하는 말의 맹점을 정확히 짚는 말이었다. 그에 스키피오가 무언가 말을 하려는 찰나 카이론이 그를 제지했다.

"본 작의 좌측에 있는 스키피오 아프리카누스는 현자의 탑의 수장이자 드러커 가문의 마지막 주인이고, 내 우측에 있는 캐슬린 맥그로우는 멸문한 맥그로우 가문의 최후의 생존자이다."

"3대 가디언……."

카이론의 묵직한 음성에 디아고 남작은 상당히 놀란 듯한 표정을 지어 보였다.

카이론은 그의 표정 변화를 확실히 볼 수 있었다. 확실히 뭔가 있는 자가 틀림없었다. 고위 귀족들조차 잘 알지 못하는 카테인 왕국의 3대 가디언 가문을 알고 있으니 말이다.

"이 왕국이 어디로 가고 있다고 보는가?"

"그야 영명하신 국왕 전하께서 영도하시는 대로……."

"입에 발린 소리는 말기를. 이 왕국은 이미 썩었고, 내전의 소용돌이 속에 진입했으며, 지금 이 순간 수많은 귀족이 영지의 정예군을 이끌고 왕도로, 혹은 피 흘리는 전장으로 향하고 있음을 부정하지는 못할 터."

그리 말을 하며 카이론은 디아고 남작 앞으로 두루마리 양 피지를 내어 놓았다.

"무엇이오?"

"읽어보도록."

디아고 남작은 양피지와 카이론을 차례로 보더니 이내 양 피지를 집어 들었다. 그리고 좌우로 펼쳐 서서히 읽어 내려가기 시작했다. 읽어 내려갈수록 디아고 남작의 손은 조금씩 떨려오고 있었다.

격동하고 있는 것이었다.

"내가 무엇을 어떻게 해야 하오?"

그 물음에 스키피오의 입가에 슬며시 미소가 떠올랐다. 그리고 본격적인 대화가 시작되었다.

새로운 왕국을 위해서 말이다.

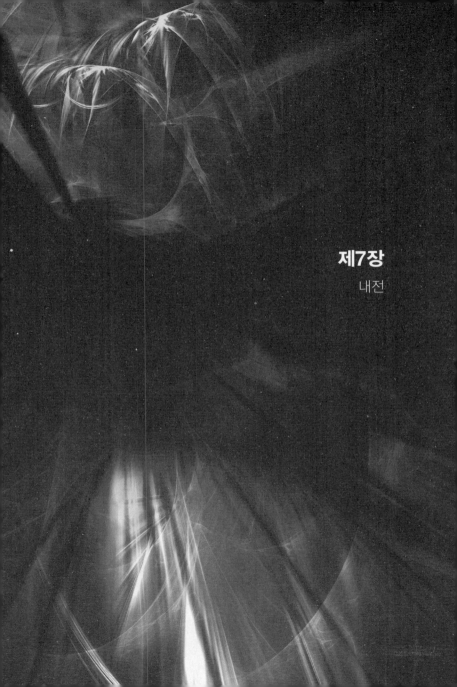

# 제7장

내전

"우리가 어떤 민족인가? 5천여 년 전 저 광활한 바이큰 족의 영토를 점유하고 대륙을 호령하던 신의 선택을 받은 민족이 아니던가? 그러할진데 지금은 어떠한가? 저 미개한 바이큰 족에게 그 드넓은 영토를 내주고 대륙의 한쪽 구석에서 겨우 자리만 보존하고 있는 나약하기 그지없는 민족이 되어버렸다."

플렉스 르위스 공작은 눈부시게 빛나는 풀 플레이트 메일을 입고 높은 단상에 섰다. 그리고 좌우로 정렬한, 햇빛을 받아 빛나는 기치창검을 든 병사들을 열의 가득한 눈으로 바라보며 외쳤다.

"본 작은 인정할 수 없다! 이 나약해 빠진 왕국과 이 왕국을 이렇게 나약하게 만든 현 국왕을 인정할 수 없다. 본 작은 과거의 영광을 다시 찾아 올 것이다. 저 드넓은 바이큰 평원을 되찾아 하인스 제국과 카렐리아 제국과 동등한 위치에 이 왕국을 세우고자 한다."

그는 눈을 부릅뜨고 병사들을 바라보았다. 뜨거운 열기가 모두의 뇌리를 지배하기 시작했다.

"병사들이여! 어떠한가? 이 왕국을 다시 세울 준비가 되어 있는가?"

"추웅!"

"과거의 영광을 되찾을 준비가 되어 있는가?"

"추웅!"

"하면, 앞으로 나아가야 할 것이 아닌가? 왕도로 진격해 나약해진 왕국을 바꿀 준비가 되어 있는가?"

"추웅! 추웅!"

병사들은 기치창검을 들어 올리며 한결같은 외침을, 아니, 더욱더 강력하게 힘을 주어 외쳤다. 그러한 병사들의 모습을 보던 플렉스 르위스 공작은 비로소 진득한 미소를 떠올리며 입을 열었다.

"신의 전사들이여! 본 작은 출군을 명한다!"

"추우웅!"

르위스 공작의 말에 10만에 이르는 대병력이 움직이기 시작했다. 말이 10만이지 그 병력이 오와 열을 맞춰 출정하는 모습은 그야말로 장관이었다.

르위스 공작은 그러한 병력이 모두 사라질 때까지 단상을 벗어나지 않았다.

아침에서부터 시작한 출군. 그 출군의 기나긴 행렬은 어스름이 되어서야 겨우 끝날 수 있었고, 르위스 공작은 그제야 단상을 벗어났다. 그리고 그의 뒤를 수많은 귀족과 기사들이 따랐다.

"코르블로 자작은 어찌되었는가?"

"글로딘 성을 점령하고 만반의 준비를 마쳤다고 합니다."

"좋군."

"히스 후작과 유린 후작은?"

"유린 후작은 하인스 제국의 힘을 빌렸습니다."

"히스 후작은?"

"아시다시피 국왕파의 실질적인 힘은 재상에게서 나옵니다. 그런 재상은 나파즈 왕국에서 태어났습니다."

페르그노 백작의 말에 르위스 공작의 얼굴이 일그러졌다. 가히 좋지 않은 표정.

"어떻게 그럴 수 있지?"

"그는 현자의 탑주를 배신한 다섯 제자 중의 한 명입니다."

페르그노 백작의 무감정한 말에 르위스 공작은 흘깃 그를 바라봤다. 무표정을 가장했으나 르위스 공작은 그 무표정에서 복잡한 속내를 들여다 볼 수 있었다.

"똑똑하다는 것인가?"

"그는 아국에서 생간(生間, 간첩 행위)으로 가장 높은 직위에 오른 자이며, 지금의 파벌을 만든 자이기도 합니다."

"알지, 알아. 너무도 잘 알지."

페르그노 백작의 말에 르위스 공작 역시 결코 좋은 음성으로 답을 하지 않았다. 그 또한 어리석지 않은 사람이기에 지금의 상황이 누구에 의해 만들어졌는지 너무도 잘 안다.

하지만 그것을 알았을 때는 이미 너무 늦었다.

그만큼 재상인 앤드루 마샬 후작의 계획은 치밀했다. 한 왕국과 두 제국은 그가 펼쳐 놓은 함정에 걸려 카테인 왕국에서 대리전을 치루고 있는 것이었다. 전혀 손해날 이유는 없었다. 손해는 오로지 카테인 왕국에게만 있었다.

그것을 알고 있음에도 불구하고 르위스 공작은 움직일 수밖에 없었다. 그의 형에게, 혹은 자신이 주도하지 못하고 체스판의 말처럼 이리저리 휘둘리는 이 답답한 상황에 너무나도 사무친 감정이 많았기 때문이었다.

"첫 전투지는?"

"22특전여단장인 토니 블랙스톤 남작이 오렌 성에서 방어 진지를 구축했습니다."

"오렌 성이라… 꽤 힘들겠군."

오렌 성.

왕도를 지키는 첫 번째 관문이다. 3중 성벽과 깊은 해자, 높이 12m의 외성벽과 96개의 감시탑. 한마디로 5천으로 10만의 병력을 감당할 수 있는 철옹성이었다.

수많은 외침에도 단 한 번도 함락을 허락하지 않던 성. 그 성에 현 카테인 왕국에서 가장 강한 무력을 지닌 22특전여단장이 배치되었다.

"재상은?"

"콘스탄틴 성으로 향했습니다."

그 역시 만만치 않은 성이었다. 오렌 성의 모토가 되었던 성이 바로 콘스탄틴 성이었으니까 말이다. 콘스탄틴 성은 해자가 없는 대신 돌과 바위투성이인 석산을 통으로 깎아 만든 산성이라는 것이 다를 뿐.

하지만 그것 자체로도 콘스탄틴 성은 난공불락의 성이 되었다.

"어쨌든 이제 시작이로군."

"그렇습니다."

"오렌 성 주변 4개의 성을 함락시키고 고사시킨다. 포위는 힐데만 백작이 담당한다."

"명을 따릅니다."

힐데만 백작은 가타부타 별다른 말을 하지 않았다. 다른 귀족이라면 수도로 가고 싶어 눈살을 찌푸렸을 것이다. 귀족들은 눈에 띄는 공을 세우기 원했고, 수도 점령은 그런 귀족들의 입맛에 맞는 전공이었다.

하지만 힐데만 백작은 오렌 성의 중요성을 너무나도 잘 알고 있었다.

그리고 22특전여단장인 블랙스톤 남작의 무서움도 알고 있었다.

*　　　*　　　*

"재상이 콘스탄틴 성으로 직접?"

"그렇습니다."

"국왕은?"

"어차피 국왕은 재상에 의해 좌지우지되지 않습니까? 그저 왕도를 지키는 것만으로도 충분할 것입니다."

"병신 같은……."

유린 후작의 입에서 도저히 나와서는 안 될 말이 튀어나오고 있었다. 하지만 체스터 백작은 담담했다.

이미 그들은 국왕을 국왕으로 인정하고 있지 않았다.

특히 유린 후작은 카테인 왕국에서 태어났으나 오로지 하인스 제국을 섬겨야 한다고 생각하는 부류였다. 중도파를 지지하나 그들의 속내는 카테인 왕국의 귀족도, 국왕도 마음에 들지 않는 것이다.

"이제 시작입니다."

"그렇지. 이제 시작이지. 한데 콘스탄틴 성을 어찌할 것인 가? 그곳을 넘지 못하면 아무것도 할 수 없음을 알 것이네 만."

"그 걱정은 제가 풀어주도록 하겠습니다."

그때 집무실의 문을 열고 들어오면서 한 사내가 들어서고 있었다. 유린 후작의 얼굴이 급격하게 밝아졌다.

그는 자리를 박차고 일어나 문을 열고 들어오는 사내를 맞이했다.

"어서 오시게. 하이데거 백작."

모습을 드러낸 자.

그는 로브를 입고 있었다. 깔끔하게 올백으로 빗어 넘긴 머리와 날카로운 눈동자와 얇은 선을 가진 얼굴이었다. 전체적으로 냉정해 보이는 얼굴이었다.

"콘스탄틴 성이 대단한 성이라 하지만 하인스 제국의 제5마법병단을 당해낼 수는 없을 것입니다."

하인스 제국의 제5마법병단장인 마르틴 하이데거 백작. 그는 4서클의 마법사였다.

제국의 백작이면 카테인 왕국의 후작보다 높다. 물론, 공작보다는 낮은 지위라고 하겠지만 최고위급 귀족이라 할 수 있었다.

그런데 하인스 제국은 카테인 왕국의 내전에 백작을, 그것도 마법병단장을 투입시켰다.

그것은 하인스 제국이 결코 이번 카테인 왕국의 내전을 가볍게 보지 않는다는 것을 의미했다. 그리고 유린 후작은 제국에서 자신을 인정해 줬다는 것에 대해 상당히 자부심을 가진 것처럼 보였다.

그런 유린 후작을 보며 체스터 백작은 눈살을 찌푸렸다

물론 제국의 인정에 자부심을 가지는 것은 당연하다. 하지만 그래도 너무 저자세로 나가는 것은 옳지 못했다. 아무리 지원을 받았다 해도 주체는 자신들이 되어야만 했기 때문이었다.

"오랜만에 뵙습니다."

체스터 백작이 자리에서 일어나 하이데거 백작에게 간단한 목례를 올렸다. 그에 하이데거 백작은 살짝 고개를 끄덕였다.

"오랜만이네. 그동안 수고 많았네. 이제 그 수고에 대한 답을 들어야 할 때가 온 것 같네."

"병단장만 오신 겁니까?"

"그럴 리가 있겠는가. 던스틴 백작이 2만의 정예를 수습해 바로 도착할 것이네."

얼굴 표정과는 전혀 다른 호들갑스러움이었다. 마치 웃음을 파는 광대처럼 말이다.

이질적인 모습. 하지만 그러한 모습마저 살갑게 느끼고 있는 유린 후작이었다.

그런 유린 후작의 모습에 하이데거 백작의 입술에 얇은 선이 만들어졌다. 하지만 그 선은 나타날 때보다 더 빠르게 사라졌다.

유린 후작은 물론 체스터 백작조차 그의 얼굴에 그려진 후 사라진 선을 볼 수 없었다.

"한데 출정식은 언제 할 것입니까?"

"이미 출정식을 가진 후 전군을 출발시켰소."

"아! 그렇습니까?"

"소작이 빨리 움직여야 하겠군요."

"그래주면야……."

"하면 이만……."

하이데거 백작은 바로 집무실을 벗어났다. 물 흐르듯 자연스러운 모습이었다.

어떤 흠조차 잡을 수 없는 그런 모습을 유린 후작은 흐뭇하게 바라보고 있었다. 하지만 체스터 백작은 아니었다.

"후작 각하."

"아! 체스터 백작."

"너무 표정을 드러내서는 아니 됩니다."

"그리… 보였던가?"

"그러합니다. 이 전쟁의 주체는 우리가 되어야 합니다. 형제의 나라이지 속국이 아님을 아셔야 합니다."

"그야……. 험! 험!"

'내가 안일했군. 그는 나와 생각이 다른 사람이라는 것을 잊고 있었어. 권좌에 오르면 가장 먼저 제거해야 할 자인 것을……'

지금은 자신의 속내를 숨겨야만 했다. 목적을 달성하기 위해서는 말이다.

"내가 추태를 부렸군. 앞으로는 그런 일은 없을 것이오."

체스터 백작은 바로 사과하는 유린 후작의 모습을 보면서 생각했다.

이것이 유린 후작의 장점이라고 말이다. 자신의 잘못을 솔직하게 시인할 줄 안다는 것. 만약 이런 유린 후작이 왕위에 오른다면 성군이 될 것이다.

하지만 현실적으로 불가능하다. 유린 후작에게는 명분이 없기 때문이었다. 그래서 유린 후작은 명분을 가지기 위해서 1왕자를 지지했다. 왕위는 적통이 잇는 것이 맞기 때문이었다.

하나, 그것은 모를 일이었다.

왕위를 위해서는 형제도 가족도 없으며, 오늘의 동지가 내일은 적이 되는 판국이니 말이다. 그래서 체스터 백작은 제국의 도움을 경계하는 것이었다.

오크를 피하기 위해서 오거를 끌어들이는 꼴이 되지 않을까 해서 말이다.

*       *       *

"내란이 시작되었습니다."

디아고 남작이 조용하게 입을 열었다. 이곳은 시스테인 성의 대회의실.

그곳에는 각 연대장과 대대장, 그리고 특전대대장까지 현재 예니체리에 속해 있는 지휘관들이 모여 있었다.

"이미 짐작했던 바입니다. 내전은 알카트라즈에 토벌군을 보내는 그 시점부터 시작된 것이나 다름없습니다."

디아고 남작의 걱정스러운 물음에 라마나는 대수롭지 않다는 듯이 입을 열었다.

"우리는 그들의 안중에도 없을 것입니다. 그동안 남부를 정리하고 힘을 기르면 됩니다."

"남부를 정리한다는 말은……."

"현재 귀족파와 중도파, 그리고 국왕파로 나눠져 내전이 시작되기는 했지만 모든 귀족이 그 내전에 동참한 것은 아닙니다."

"하나 국왕 전하께서는……."

디아고 남작은 반발했다. 이들에게 동조하기는 하나 완벽하게 이들에게 고개를 숙인 것은 아니다. 아직 이들은 자신을 품을 만한 능력을 보여주지 않았으니 말이다.

그리고 지금 디아고 남작은 자신의 눈앞에 있는 하나의 양피지를 바라보고 있었다.

바로 국왕의 칙서였다.

칙서에는 이 왕국에 일어난 내란을 잠재우라는 내용이 담겨져 있었다. 그리고 예니체리에게 근왕군이라는 이름까지 하사했다.

국왕의 명을 받들어야만 했다. 하나, 이들은 그것을 원하지 않고 있었다.

"세가 모자란다는 것을 알 것입니다. 현재 근왕군의 수는 겨우 17,000. 이제 겨우 사단급을 살짝 넘는 수준입니다. 그런데 각 군별로 10만이 넘어가는 이들과 전투를 치러서 승리할 수 있다고 생각하십니까?"

"……"

냉정한 라마나의 말에 침묵할 수밖에 없는 디아고 남작이었다. 그도 너무나 잘 알고 있었다. 이러지도 저러지도 못할 상황이라는 것을 말이다.

그런 디아고 남작을 슬쩍 바라본 라마나가 다시 좌중을 훑어보며 입을 열었다.

"이 전쟁은 전쟁 자체보다는 전쟁의 이면을 보아야 할 것입니다."

전쟁의 이면이라는 말에 다른 이들은 그것이 무슨 말인지 이해하지 못했다. 다만, 스키피오를 비롯한 몇몇만이 라마나의 말을 이해하고 있었다.

드러난 내란은 분명 권력에 눈이 뒤집힌 귀족들의 반란임에는 분명했다.

하지만 그 이면이라는 것은 대체 무엇일까? 그것이 무엇이기에 이면을 보라는 것일까? 그때 알프레드 슐리펜이 서서히 자리에서 일어나고 있었다.

"나는 국왕 전하 직속 처형부대로 알려진 슈츠슈타펠의 부대장이었던 알프레드 슐리펜이라고 한다."

그의 말에 몇몇은 불편한 안색이 되었다. 악명 높은 슈츠슈타펠의 부대장이 이 자리에 있다니. 상상할 수조차 없는 일이었다.

오로지 국왕의 명만 받는 이들. 하지만 최근 30년간 완벽하게 국왕의 손에서 벗어난 이들.

그들에 의해 멸문당한 귀족 가문이 몇이며, 그들에 의해 목숨을 잃은 기사가 몇이던가?

하지만 회의에 참석인 이들은 결코 경거망동하지 않았다. 무섭게 그를 노려보기는 했지만 여전히 자신의 자리를 고수하고 있었다.

알프레드 슐리펜은 무표정하게 장내를 둘러보다 한 명과 시선이 마주쳤다. 바로 3연대장인 마르쿠스 아그리파였다. 둘은 아주 잠시 서로를 바라봤고, 아그리파 3연대장의 눈동자에는 핏발이 섰다.

그러나 알프레드 슐리펜은 무심하게 고개를 돌려 다시 입을 열었다.

"나를 아는 사람도 있을 것이고 모르는 사람도 있을 것이다. 내가 이 자리에 선 것은 국왕 전하의 명을 전하는 것도 있지만 라마나 마하리쉬 참모의 말을 부언하기 위해서이다. 국왕 전하를 꼭두각시로 만든 앤드루 마샬 후작의 정식 이름은 앤드루 로스차일드 마샬 폰 나파즈. 바로 나파즈 왕국의 삼왕자다."

"······!"

알프레드 슐리펜의 말에 모든 이들의 눈동자가 커지며 술렁이기 시작했다. 그중 시종일관 침착함을 유지하고 있던 스키피오의 얼굴에는 이루 형언할 수 없는 착잡함이 떠오르고 있었다.

당연한 반응이라고 할 수 있었다. 일국의 재상이란 아무나 오를 수 있는 자리가 아니니까 말이다. 그런데 그런 최고의 자리를 경쟁 왕국인 나파즈 왕국의 삼왕자가 오르다니.

"그것을··· 모르고 있었단 말인가?"

아그리파 3연대장의 물음이었다.

"알았다면 이렇게 되지 않았겠지."

"알카트라즈에 있어야 할 사람은 우리가 아니었군."

아그리파 3연대장의 날카로운 말에 알프레드 슐리펜은 쓴웃음을 떠올렸다. 하지만 그럼에도 불구하고 그는 계속 입을 열었다.

"그가 계획한 첫 번째는 본 왕국의 재상에 오르는 것. 두 번째는 왕국을 삼분시키고, 종내에는 카테인 왕국을 자국의 속국으로 만들어 제국으로 향하는 것이었다. 우리가 그 계획을 알게 되었을 때는 왕국은 이미 세 개의 세력으로 조각 난 상황이었기에 돌이킬 수 없었지."

허탈하게 입을 여는 알프레드 슐리펜.

"귀족파의 수장인 플렉스 르위스 공작은 동토의 제국인 카렐리아와 손을 잡았다. 하지만 그는 카테인 왕국의 공작임을 잊지 않고 그들의 개입을 최소화하고 있으나, 중도파의 유린 후작과 재상은 다르다. 중도파는 붉은 제국인 하인스 제국을 끌어들였고, 알다시피 재상은 나파즈 왕국에 파병을 요청한 상태이다. 이 상황에서 누군가는 남으로부터 치고 올라오는 나파즈 왕국의 병력을 차단해야만 한다."

"그렇다면 더욱이 내실을 다지고 있기에는 어렵지 않겠습니까?"

"물론 그렇습니다. 그래서 병력을 나눌 것입니다."

"도대체 무슨 말인지 모르겠구려."

디아고 남작은 불만을 표시했다. 병력이 적으니 내실을 다지고 남부를 정리한다고 해놓고서는 다시 병력을 나눈다니, 이해할 수가 없었던 것이다.

"나파즈 왕국의 병력은 이미 출발했을 것이오."

그때 조용히 추이를 지켜보고 있던 스키피오가 입을 열었다. 디아고 남작의 시선이 스키피오에게로 향했다.

이전에는 이런 회의가 필요하지 않았다. 그저 카이론이 명령을 내리면 끝이었다.

하지만 이제는 병력의 수가 1만을 넘었고, 디아고 남작 등 외부 인사도 많아졌다.

문제는 그들이 오로지 카이론에게 충성하기 위해 모인 것이 아니라는 것이다.

그들이 당장 카이론에게 고개를 숙였다고 해서 마음까지 숙인 것은 아니었다.

그들을 납득시켜야 했다.

겉으로 그 어떤 부대보다 단단해 보이는 예니체리였지만 그것은 단지 겉보기일 뿐이었다. 물론, 카이론을 절대적으로 추종하는 이들도 있었다. 하지만 모두 그렇지는 않았다.

지금은 그의 강력한 무력에 한발 물러나 있지만 언제 어떻게 그들의 사심이 드러날지는 모를 일이다.

내실이란 바로 이것이다. 그들을 모두 끌어 들여야 한다. 이들은 명령에 죽고, 명령에 사는 군인이 아니다.

귀족도 있고 기사도 있으며, 노예도 있고 용병도 있었다. 그들이 원해서 알카트라즈에 온 것도 아니고, 원해서 폭도에 가담해 예니체리가 된 것도 아니다.

어쩔 수 없이 그렇게 된 것이다.

처음 예니체리가 되어 알카트라즈에서 나올 때는 몰랐다.

하지만 사람이라는 것은 그렇다. 화장실 갈 때와 화장실 나올 때의 마음이 다르다.

그런데 죄수였던 예니체리는 어떨까?

그리고 평민 출신에 죽을힘을 다해 랭글로스를 남부럽지 않은 영지로 만든 영주의 마음은 어떠할까?

보지 않아도 훤하다. 이들은 아직 카이론을 마음 속 깊이 받아들이지 않고 있었다.

그렇다면 어떻게 해야 할까?

사람의 마음이란 급작스럽게 어떻게 할 수 있는 것이 아니다. 그들에게 진심을 계속 보여주고 믿어주면 되는 것이다. 물론, 강약을 조절해야겠지만 말이다.

그것은 카이론도, 스키피오도 알고 있었다.

아니, 참모들과 어느 정도 생각을 가진 이들이라면 모두 알고 있을 것이다. 예니체리의 절반 이상이 카이론을 지지한다. 아니, 그를 따른다. 하지만 나머지 절반은 그 믿음이 얇다. 그리고 디아고 남작은 더욱더 얇다.

그저 국왕의 칙서 하나에 그에게 협조하기로 했으니 말이다. 어떻게 보면 그는 방심하는 순간 적이 될 수도 있는 인물이었다.

'시간, 시간이 필요해.'

카이론은 그렇게 생각했다. 정신없이 몰아치며 하나가 될 시간을 가져야만 했다. 당근과 채찍이었다.

그리고 그 시간을 벌기 위해 지금의 상황을 만든 것이었다. 쉬운 길이 아닌 어려운 길을 가고 있었다. 그러하기에 카이론은 처음부터 끝까지 그저 지켜만 보고 있었다. 회의 결과가 어떻게 귀착되든 상관없다는 듯이 말이다.

그 와중에 스키피오는 자신의 말을 계속 이었다.

"내전은 팽팽한 대결 구도 속에서 단시일에 끝나지 않을 것이오. 그 팽팽함을 끝내는 것은 역시 그들이 믿고 있는 뒷배이겠지요. 그들이 참전하는 순간 카테인 왕국은 대리 전장이 될 것이오. 강대국들의 힘을 측정하는 그런 곳 말이오."

"……."

스키피오의 말에 다들 침묵했다. 아무리 자신을 죄인 취급하고 실제 억울한 누명을 쓰고 죄인이 되었다고 하지만 그들은 여전히 카테인 왕국의 사람이었다.

자신들이 태어나고 자란 곳이 다른 왕국의 놀이터가 되는 것은 결코 참을 수 없는 것임에는 분명하였다.

"남부를 평정하고 나파즈 왕국을 저지하면서 세력을 만들 것이오. 그 세력으로 중도파와 국왕파를 제거하고 마지막으로 귀족파를 제거해야 할 것이오. 귀족파를 가장 후순위에 둔 것은 그들 역시 아국의 귀족이기 때문이오."

팔은 안으로 굽게 마련이다. 이들은 아직도 일말의 희망을 가지고 있었다.

"하면, 우리가 어떻게 해야 되겠습니까?"

디아고 남작이 수긍했다. 그에 스키피오는 자리에 앉았고, 지금까지 침묵하고 있던 카이론이 입을 열었다.

"예니체리는 나파즈 왕국의 참전군을 요격한다."

간단한 한마디였지만 모두가 수긍했다. 그 말 속에는 가는 길의 모든 성을 함락하고 회유한다는 전제 조건이 붙어 있는 것이다. 그리고 그 모든 행정 처리를 디아고 남작에게 맡긴다는 것을 의미했다.

그 말을 남기고 카이론은 자리에서 일어났다. 나머지는 여기 있는 이들이 논의해야 할 일이다. 자신은 그저 큰 줄기를 잡아주면 될 것이다.

그가 일어나자 모든 이들이 자리에서 일어났다. 그리고 그가 대회의실의 문을 열고 나가자 모두 자리에 앉았다.

이제부터 본격적으로 논의가 시작될 것이다. 하지만 모두가 논의에 참석한 것은 아니었다.


캐슬린 맥그로우 전투 지원 연대장과 알프레드 슐리펜이 카이론을 따라 대회의실을 나오고 있었다.

"할 말이 있습니다."

캐슬린 맥그로우가 카이론을 향해 냉랭한 입을 열었다. 잠시 그녀를 바라보던 카이론은 고개를 끄덕이며 입을 열었다.

"집무실로 가지."

그의 말에 캐슬린과 알프레드는 말없이 카이론의 뒤를 따랐다.

"할 말은?"

자리에 앉자마자 카이론이 먼저 입을 열었다.

"전투에 참가하고 싶습니다."

"……."

그녀의 말에 그저 빤히 그녀를 바라보는 카이론이었다. 그러다 높낮이가 없는 목소리가 흘러나왔다.

"준비는 되었나?"

카이론의 질문에 캐슬린은 자신도 모르게 숨을 들이쉬었다.

그녀는 첫 전투를 하고 난 후의 일을 기억하고 있었다. 그리고 그녀를 스치고 지나가며 한 카이론의 말 역시 기억하고 있었다.

그 이후 그녀는 스스로를 담금질할 수밖에 없었다.

그 당시 자신은 역사를 마주할 자신이 없었다. 이념과 역사는 이성과 현실이 될 것이다. 자신의 이성은 모든 것이 가능했다. 하지만 자신의 현실은 그렇지 못했다.

그때 깨달았다. 자신은 현실을 마주하기 힘들어 현실을 도피하고 있었고, 차가움을 가장해 이상만을 보고 있었다는 것을 말이다.

현실에 살고 있으면서 어찌 현실을 외면할 것인가? 그것부터가 잘못되었다.

현실을 부딪쳐 깨부수든, 아니면 현실과 타협해 순응하며 살아가든, 아니면 현실을 이용해 더 많은 것을 얻어내든… 현실을 살아야만 한다.

오랫동안 현실을 살아가기 위해 준비했다. 단지 자신의 마음이 현실을 직시할 생각을 하지 않았을 뿐이었다.

그날 이후, 자신은 현실을 직시하기 시작했다. 결국 혼자라는 것을. 혼자 이겨내야 하는 것임을 말이다.

"준비는 이미 끝났습니다."

스스로에게 다짐을 하듯이 말을 하는 캐슬린이었다.

"아이를 죽일 수 있나? 힘없는 늙은이를 죽일 수 있나? 피와 문드러진 살점을 뚫어 적의 심장에 검을 박고, 냉정하게 그들의 목을 칠 수 있나? 그리고… 후회하지 않을 자신이 있나?"

"그……."

잠시 머뭇거렸다. 하지만 이내 그녀의 입에서는 단호한 목소리가 흘러나왔다.

"할 수 있습니다."

"……."

그런 캐슬린을 말없이 바라보는 카이론. 그녀는 분명 아름답고 강한 여기사였다. 하지만 그 아름다움은 전장과는 전혀 어울리지 않았다.

"그 말 지키길 바란다. 이번 나파즈 왕국군을 요격하는데 전투 부대장으로 참전한다."

"고맙습니다."

군례를 올린 캐슬린이 물러났다. 그런 캐슬린의 뒷모습을 지켜보는 카이론.

탁!

집무실의 문이 닫혔다.

남은 것은 알프레드 슐리펜. 그 둘은 한참 말이 없었다. 알프레드는 자신의 존재감을 드러냈다.

급격하게 달라지는 알프레드의 존재감.

드드드득!

그의 존재감에 의해 집무실에 있는 가구가 들썩거렸다. 실로 눈으로 보고도 인정할 수 없을 만큼의 절대적인 존재감이었다.

하지만 알프레드의 맞은편에 앉아 있는 카이론의 표정은 여전히 무표정했다.

아니 오히려 편안해 보였다. 과거였다면 이 존재감을 이겨 내지 못했을지도 몰랐다. 하지만 이제는 아니었다.

칼리타고르로부터 전해 받은 드래곤 하트의 대부분을 흡수한 그였다. 2m 30㎝에 이르던 그의 신장은 이제 겨우 2m를 넘길까 말까하는 정도가 되었다.

그리고 카이론은 이미 알고 있었다. 그의 심장이 알려준 것이다.

자신의 앞에 있는 존재가 인간이 아닌 지고의 존재이며, 중간계의 조율자라고 알려진 드래곤이라는 것을 말이다. 그리고 길고 긴 시간 동안 살아가기 위해 유희를 하고 있다는 것을 말이다.

그 덕분에 무지막지할 정도의 존재감을 드러내는 드래곤이 앞에 있음에도 불구하고 전혀 위축된 표정을 짓지 않고 있었다.

놀라거나 당황한 것은 역시 카이론보다는 알프레드였다. 그도 알고 있었다. 드래곤 하트가 그의 심장에 안착해 있다는 것을 말이다.

인간이란 존재는 그 잠재력이 무궁무진한 존재다. 그래서 드래곤 하트를 자신의 심장에 안착시킬 수 있다. 물론 이것은 가능성이다. 드래곤의 그 강대한 힘을 어찌 인간의 연약한 몸으로 받아들일 수 있겠는가?

드래곤 하트를 받아들이는 그 순간 인간의 몸은 그 힘을 감당하지 못해 몸이 터져 죽고 말 것이다.

하지만 지금 자신의 눈앞에 있는 존재는 드래곤 하트를 온전하게 안착시킨 것도 모자라 완벽하게 동화하고 있었다. 드래곤이 아닌 오로지 인간으로서 말이다.

수천 년을 살아오는 동안 이러한 경우는 단 한 번도 없었다.

드래곤이 인위적으로 하트의 일부분을 떼어 드래고니안을

만드는 경우를 제외하고는 말이다.

하지만 드래고니안은 그저 드래곤의 심심풀이일 뿐, 그 이상도 이하도 아닌 존재. 가끔 그 드래고니안이 인간 세계로 나와 영웅이 되는 경우도 있지만 극히 드물었다.

하지만 지금 자신의 눈앞에 있는 존재는 드래곤도 아니었고, 드래고니안도 아니었다. 완전한 인간.

그런데 그 모든 것을 뛰어 넘었다. 알프레드는 존재감에 자신의 피어를 섞었다.

하나 어떤 위해조차 줄 수 없었다. 여전히 담담하게 그 모든 것을 받아 넘기는 카이론이었다.

'어쩌면… 나보다 뛰어날 수도.'

"그쯤 했으면 되지 않았나?"

그때 카이론이 담담하게 입을 열었다. 상대가 누구인지 알고 있음에도 전혀 위축됨이 없이, 당당하게 평소와 전혀 다르지 않게 말하는 그였다.

'불가해한 존재…….'

그랬다. 현실은 인정해야만 했다. 드래곤인 알프레드에게조차도 카이론은 불가해한 존재였다.

다만 무지에 대한 불안감은 없었다. 불가해하다 해도 카이론에게서 전해져 오는 느낌은 그저 담담한 무채색의 그것이었기 때문이었다.

"상당히 담대하군."

알프레드는 자신의 존재감을 지웠다. 그러자 그의 강력한 존재감과 힘에 의해 조금씩 금이 가고 갈라지던 집무실의 가구가 진동을 멈췄고, 허공을 부유하던 책장이나 집기들이 떨어져 내렸다.

카이론과 그의 주변 일정 공간에 속한 모든 것이 깨끗했다. 하지만 그 이외의 부분은 엉망진창이었다.

"엉망이 되었군."

카이론은 주변을 훑어보며 입을 열었다.

딱!

그에 알프레드가 손가락을 튕겼다.

허공에 부유하면서 여기저기로 흩어졌던 집기들이 다시 원래의 자리를 찾아 들어가고, 말끔하게 원래의 상태로 돌아오고 있었다.

"유희 중인 건가?"

"그렇지."

"그럼 이제 돌아가야겠군."

카이론의 말에 어깨를 으쓱하는 알프레드였다. 법칙은 아니지만 드래곤의 경우 자신의 정체가 드러나면 유희를 중단하고 또 다른 유희를 준비한다. 그래서 카이론이 돌아가야 한다는 말을 한 것이었다.

하지만 알프레드는 그럴 생각이 없는 듯싶었다.

"나의 유희는 아직 끝나지 않았다."

"......"

그런 알프레드를 한참이나 바라보는 카이론이었다.

"마법사가 필요해."

"보니 마법사는 없더군."

"3~4서클의 마법사는 필요 없어."

"6서클이면 가능하겠나?"

"현재 몇 서클이 최고지?"

"제국의 황실 마법사가 6서클이지."

"7서클이 좋겠군."

카이론의 말에 알프레드는 살짝 고개를 저었다.

"욕심이 과한 것 아닌가?"

"한계가 있나?"

"그렇지는 않지."

"그렇다면 강한 힘을 가지고 유희를 즐기는 것도 괜찮을 것 같군."

"그도 그렇지만......"

약간은 고민이 있었다. 이번 유희는 암중에서 국왕을 돕는 역할이었기 때문이었다. 하지만 그것을 수정하는 것도 나쁘지 않았다. 영웅을 도와주는 절대의 마법사 정도로 말이다.

"역할을 바꿔야 하겠군."

"그랬으면 좋겠군."

"그리고 말이야......"

"더 할 말이 있나?"

말을 흐리는 알프레드를 보며 카이론이 질문을 던졌다.

"캐슬린 맥그로우라고 했나?"

"그래."

"알지 모르겠지만 카테인 왕국에는 3대 가디언 가문이 있다. 하나는 어둠 속에서 정적을 제거하는 슈츠슈타펠이라는 처형부대를 이끄는 어둠의 가문, 하나는 정통적으로 이 왕국의 제반 행정을 이끌어 온 재상의 가문, 마지막 하나는 빛의 가문이라고 일컬어지는 기사의 가문이지."

"……."

카이론은 말없이 알프레드의 말을 들었다.

"어둠의 가문은 대대로 슐리펜이라는 성을 사용했고, 재상의 가문은 드러커, 빛의 가문은 맥그로우라는 성을 사용했지."

"으음……."

그 세 가문 모두 자신의 곁에 있었다. 스키피오 아프리카누스, 캐스린 맥그로우, 알프레드 슐리펜까지.

"넌 새로운 영웅이다. 세 개의 가문이 새로운 왕국을 세우겠지. 그리고 세 개의 가문 역시 새롭게 태어나겠지. 각오는 되어 있는가?"

"각오? 무슨 각오 말인가?"

"영웅이 될 각오 말이다. 수천수만의 죽음을 어깨에 짊어질 각오 말이다."

"나는 무덤은 가장 크고 가장 화려할 것이다."

카이론의 말에 알프레드의 입술 꼬리가 슬며시 치솟아 올랐다.

"좋군. 죽음을 인도하는 자에게 뇌물을 주려면 그 정도는 필요하겠지."

그렇게 말을 하면서 일어서는 알프레드. 그는 여전히 앉아 있는 카이론을 바라보며 입을 열었다.

"7서클의 마법사가 되어주지. 너의 오른편에는 언제나 내가 존재할 것이다."

"고맙군."

"고맙기는……."

그가 자리를 벗어났다. 문고리를 잡고 집무실의 문을 열던 순간 알프레드가 등을 돌리지 않은 채 물었다.

"한데… 누구지?"

"칼리타고르 스타인비스 클로비츠."

순간 살짝 움찔한 알프레드는 고개를 끄덕였다.

"내 이름은 알프레드 칼리타고르 스타인비스 슐리페노트 클로비츠다."

참으로 긴 이름이었다. 하지만 그 긴 이름 속에서 카이론은 깨달을 수 있었다. 그는 칼리타고르의 아들이라는 것을 말이다. 하지만 드래곤에게 있어서 부모 자식의 관계란 인간 세계와 다르니 큰 의미를 두는 것 같지도 않았다.

"이번엔 내가 고맙군."

그의 말에 피식 웃어버리는 카이론이었다.

"별로……."

"잘 부탁한다."

"나 또한."

그렇게 카이론의 세 가문의 계승자를 만났다. 새로운 카테인 왕국을 세울 인물들을 말이다. 물론 그들만 있는 것은 아니었다. 카이론은 알카트라즈에서 범인이라면 상상조차 할 수 없을 정도의 귀중한 인재들을 얻었다.

그는 서서히 힘을 모으고 있었다. 그 누구에게도 지지 않을 강력한 힘을 말이다.

*      *      *

"얼마나 남았나?"

"5일 이내 첫 관문인 배턴루지 지역에 들것입니다."

"카테인 왕국의 반응은?"

"그들이 정신이 있겠습니까? 아마도 아국이 이렇게 대군을 이끌고 턱밑에 도착한 것도 제대로 알지 못할 것입니다."

"크! 멍청한 카테인 종자 놈들."

"그들이 멍청하다기보다는 3왕자 전하께옵서 뛰어나신 것이 아닐지……."

"그래, 그렇지. 3왕자 전하는 아국의 홍복이겠지."

나파즈 왕국의 지원군 사령관인 체이스 말론 백작과 그의 군사장인 크리스 코헨 자작이었다. 나파즈 왕국에서 이번 지원군은 생각 이상으로 보냈다. 1개 전투 군단과 증편 전투 지원 사단을 보냈으니 상당하다 할 것이다.

일반 전투 지원 사단이 아닌 증편된 사단이란 것은, 필요시 전투 부대로 전환시키려는 속셈이란 것이다.

정규 편성된 1개 군단이라 함은 적어도 8만이다. 거기에 1만 5천의 증편 지원 사단까지.

총 9만 5천에 이르는 대병력이라 할 수 있었다.

이것은 독자적으로 보급부터 전투까지 완벽하게 수행할 수 있는 수준이었다. 여차하면 직접적인 무력을 투사하겠다는 노골적인 의사 표현이었다.

하지만 카테인 왕국의 귀족들은 그것을 모르고 있었다. 다만 왕국 자체적으로는 내란을 잠재울 수 없으니 가까운 이웃 왕국인 나파즈로부터 군사를 원조받아 내란을 잠재운다는 것이었다.

이 모든 것은 재상에 의해 준비된 것이었다. 그리고 그 10만 병력만 존재하는 것은 아니었다. 중요한 것은 나파즈 왕국 전체 병력의 움직임이라 할 수 있었다.

실제로 나파즈 왕국의 본국에서는 카테인 왕국과 접경 지역에 배치된 군을 재배치하고 있었다. 어떤 실마리라도 보인다면 곧바로 카테인 왕국으로 진격할 수 있도록 말이다.

그러한 나파즈 왕국군의 이동 상황을 파악한 카테인 왕국의 남부군 역시 그에 맞게 적절하게 대응하고자 했으나, 사실 별 의미 없는 행동일 수밖에 없었다. 남부라고 해서 전란이 비켜난 것은 아니었기 때문이었다.

내란의 중심 전력은 아무래도 군부대가 될 수밖에 없었다. 가장 강력한 힘이니까 말이다.

아무리 국경을 지키는 변경백이라고 할지라도 결국 그들 역시 귀족일 뿐이었다. 결국 귀족파나 중도파, 혹은 국왕파에 속해 이리 찢어지고 저리 찢어져 지금 국경에 남은 병력은 고작해야 평소의 절반에도 미치지 못한 병력일 뿐이었다.

그것도 정예가 다 빠진 상태. 나파즈 왕국의 진격을 막을 만한 세력이나 귀족이 없었다.

일부 지각 있는 귀족들은 이런 시커먼 나파즈 왕국의 속셈을 파악해 대비하고 있지만, 국왕의 칙령이나 재상의 재가가 없는 상황에서 군을 일정 이상 움직이기에는 한계가 있었다.

한마디로 그들의 진출을 막을 만한 병력은 없다는 것이다.

사정이 그러하니 나파즈 왕국의 귀족들은 자기 밥그릇 싸움에 정신없는 카테인 왕국이 한심하기 그지없었다. 적국을 막아야 할 병력까지 빼돌려 밥그릇 싸움을 하다니.

"배턴루지의 영주는 누구지?"

"짐 스토파니 남작으로 별 볼 일 없는 시골 영주입니다."

"전령은 보냈나?"

"그는 이미 3왕자 전하로부터 칙령을 받든지 오래입니다. 살기 위해서 협조하지 않을 수 없을 것입니다."

"배턴루지는 되었고, 문제가 되는 곳이 있나?"

"아무래도 크리크 지역의 영주인 도리안 예이츠 백작이 문제이지 않을까 합니다."

"도리안 예이츠 백작?"

"가신으로 세 명의 영지를 가진 남작과 270명에 이르는 기사, 거의 1만에 이르는 병력을 동원할 수 있는 자입니다. 게다가 주변 독립 영주들의 지지를 받는 자로서 전투 시 총 3만의 훈련된 병력을 동원할 수 있는 남부의 실력자입니다."

"흐음. 최소 5만에서 6만을 동원할 수 있는 자인가?"

말론 백작의 말에 코헨 자작은 수긍하는 끄덕임을 보였다.

"카테인 왕국이 3왕자 전하의 오랜 계략으로 인해 이 지경에 이르렀지만 그 저력은 만만치 않은 왕국입니다. 방심할 수 없지요."

"그런가?"

코헨 군사장의 말에 말론 백작은 순순히 긍정했다. 수백 년간 나파즈 왕국과 카테인 왕국은 유독 치열한 경쟁 관계를 이어오고 있었다. 원래 한 왕국에서 갈라진 탓인지 그 관계가 굳어져 이제는 앙숙처럼 지내오고 있는 것이었다.

카테인에서 쫓겨난 왕자가 건국한 왕국이 바로 나파즈 왕국이었으니까 말이다. 어찌되었든 절대 방심할 수 없는 왕국이라는 것은 분명했다.

"도착하면… 그 결과를 알 수 있겠지."

"물론입니다."

# 제8장

죽음의 장벽

*Warrior*

"그들을 맞아 싸울 것인가?"

"당연한 일이다. 내전이 있다고는 하지만 국왕 전하께옵서 파병을 원치 않은 병력. 그럼에도 아국을 향해 병력을 움직였다함은 분명 아국에 대한 도발이기 때문이다. 전쟁인 것이지."

카이론의 물음에 예이츠 백작이 입을 열었다.

"함께하겠나?"

카이론의 물음에 예이츠 백작의 입가에 비웃음이 걸렸다. 그 비웃음은 비단 예이츠 백작만이 아니었다. 이곳에 있는 그의 휘하에 있는 여섯 명의 귀족 역시 다르지 않았다.

"죄수 따위의 도움을 받을 정도로 나약한 귀족은 없다."

"죄수 따위라……."

예이츠 백작의 얼굴에는 노골적으로 불쾌하단 표정이 떠올라 있었다. 너희들 따위에 의존할 전력이 아니라는 듯이 말이다.

"국왕 전하의 명을 어기겠다는 말이오?"

그에 참지 못한 라마나가 입을 열었다.

"너희들과 함께하거나 도우라는 내용은 없는 것 같더군."

"이……."

그때 카이론이 손을 들어 라마나의 말을 가로막았다.

"종군한 적이 있나?"

"종군? 죄수들 따위에게 들을 말은 아닌 것 같군."

그런 예이츠 백작을 직시하던 카이론이 자리에서 일어났다.

"싸워 본 적 없다는 말이로군."

"귀족과 기사는 언제나 목숨을 걸 준비가 되어 있다. 어디되지도 않은 말인가? 몬스터와 수많은 전투를 치렀으며, 평소 실전과 같은 훈련이 있었다. 죄수들 따위와는 근본적으로 다르다는 말이다."

예이츠 백작의 말에 카이론은 차갑게 웃었다.

"그런가? 지켜보지."

그 말을 남기고 그대로 돌아서 나갔다. 그러한 카이론의 모습을 불쾌한 표정으로 쏘아보는 예이츠 백작. 분노를 참는 것이 역력하게 보여지고 있었다.

"저, 저……! 역시 배워먹지 못한 놈들이란……."

"죄수가 달리 죄수겠습니까?'

카이론의 건방진 모습에 몇몇 귀족과 기사들이 그 예의 없음을 성토했다. 그들의 얼굴에는 불쾌한 감정이 잔뜩 묻어나 있었고, 그와 반대로 이번 나파즈 왕국의 전투 지원 군단에 대해 강한 자신감을 보이고 있었다.

이들이 이런 자신감을 보인 것은 본성인 크릭 성이 철벽의 요새란 점에 있었다.

본성을 중심으로 좌측으로 워릭셔 성, 루센 성이 있고, 우측으로 윈저드, 치크 성이 있었다. 그런데 이 좌우 네 개의 성이 기묘하게 W자 모양으로 형성되어 있었고, 루센 성에서 치크 성까지 75㎞나 되는 전폭을 가지고 있었다.

그들이 막아서고자 한다면 나파즈 왕국군은 절대 카테인 왕국으로 들어설 수 없었다.

그리고 이 다섯 개의 성은 모두 단단한 돌로 만들어진 석성으로 성벽의 높이가 7m에 두께만도 2m에 이르러 견고하기 이를 데 없었다.

아무리 방어 병력이 3만 4천에 불과하다고 하지만, 특이하게 구성된 각 성의 구조로 인해 1만으로 3만 이상의 병력을 막아낼 수 있는 견고한 성이었다. 나파즈 왕국군이 비록 10만에 이르는 대병력이라고는 하지만 이곳을 쉽게 지나칠 수는 없을 것이었다.

과거에도 언제나 그랬다.

나파즈 왕국은 결국 이 다섯 개의 성을 넘지 못했다. 그래서 그들은 자신하고 있었다. 반드시 승리할 수 있고, 자체적으로 방어할 수 있음을 말이다.

때문에 그들은 과감하게 외부의 도움을 거부할 수 있었다.

그것은 여기 모여 있는 모든 귀족의 생각이었다.

귀족이라 할지라도 받아줄까 말까하는 판국에 죄수였던 자들이라니.

어찌 가소롭지 않겠는가? 아무리 이전에 이 카테인 왕국을 쟁쟁하게 울렸던 귀족들이라 할지라도 역시 죄수는 죄수이지 않겠는가?

평민도 아니고 그런 죄수들로 이루어진 병력이라니… 고려할 가치도 없었다.

"다들 만반의 준비를 하도록."

"알겠습니다."

예이츠 백작의 말에 다들 군례를 올리며 회의실을 벗어났다. 그러한 이들을 믿음직스럽게 바라보며 예이츠 백작은 자신의 결정이 절대 틀리지 않을 것이라 생각하고 있었다.


"많은 이들이 죽을 수 있습니다."

"선택은 그들의 몫이다. 기회를 잡지 못한 것 역시."

"하나……."

가던 걸음을 멈춘 카이론이 라마나를 잠시 바라보았다. 그러다 다시 걸음을 옮기며 입을 열었다.

"순리가 아닌 역리에 의한 잘못된 선택은 그 대가가 클 수밖에 없지."

"……."

인정할 수밖에 없었다. 기회를 줬지만 기회를 스스로 찬 것은 그들이니 그 선택에 대한 대가를 치러야만 했다. 그것도 아주 지독한 대가를 말이다.

"철저하게 준비하도록."

"명!"

*　　　*　　　*

"저곳이 바로 철의 장벽이라는 곳인가?"

"그렇습니다."

"참으로 묘하군. 어디를 공격하더라도 협공을 당할 수밖에 없겠어."

나파즈 왕국의 말론 백작과 코헨 군사장이 전면에 넓게 펼쳐진 성을 보며 입을 열었다. 좌우로 75㎞라고 하지만 성과 성의 거리는 15㎞남짓이었다. 물론 수평 거리였고, 성과 성을 연결하는 길은 잘 닦여져 서로 빠르게 병력을 보낼 수 있도록 되어 있었다.

군사 요새처럼 단단해 보이는 다섯 개의 성이었다. 또한 주변이 온통 산이었기 때문에 성벽을 쌓아 올린 돌의 표면이 벗겨져 유난히 희게 빛나고 있었다. 그러하기에 먼 거리임에도 불구하고 오늘 같이 청명한 날에는 다섯 개의 성이 모두 보일 정도였다.

"와튼 자작과 포스터 자작은?"

"이미 루센 성과 치크 성에 당도했다고 합니다."

"그래? 그럼 시작하지."

"알겠습니다."

그렇게 말한 코헨 군사장이 손을 들어 올렸다. 그에 뒤에 있던 기사 한 명이 붉은 원이 그려진 깃발을 수직으로 들어 올린 후 힘차게 좌우로 세 번 휘둘렀다. 그 깃발이 신호였을까?

"진겨억! 진격하라!"

"추웅! 충!"

"방패 앞으로!"

"방패 앞으로!"

"완보! 완보!"

가장 선봉에 선 1만의 병력이 발을 맞춰 이동하기 시작했고, 그 뒤를 따라 각종 공성 장비가 동원되고 있었다. 이것은 분명 원조를 위한 전투 지원 부대가 아니었다. 그들은 질서정연했고, 정련되어 있었다.

그러한 나파즈 왕국의 병력을 지켜보는 윈저드 성의 미들턴 자작과 위릭서 성의 모티머 자작은 침음성을 낼 수밖에 없었다.

"생각보다 수가 적군."

"하지만 정련되어 있습니다. 정예 병력이 분명합니다. 그리고 그 뒤를 따르는 공성 장비를 보면 그리 간단하지 않을 듯싶습니다."

윈저드 성의 미들턴 자작과 그의 아들인 데이나스 미들턴의 대화였다. 생각보다 적은 수지만 정련되어 보이는 그들의 움직임 때문이었다. 어려운 전투가 될 것 같았다.

'그들의 호의를 받아들여야 했을까?'

잠시 잠깐 미들턴 자작의 뇌리를 스치고 지나가는 생각이었다. 전투 병력이 4만이라고는 하지만 실제 보는 느낌은 더욱 많아 보였다. 들판이 나파즈 왕국의 병사들로 새까맣게 뒤덮인 것 같았다.

거기에 적어도 6~7천 정도의 전투 지원 사단이 합류했음에야 말해 무엇 하겠는가?

"노포(Ballista)를 점검하고 궁수를 대기시켜라. 기름을 끓이고 돌을 달궈라."

"알겠습니다."

미들턴 자작의 말에 그의 아들은 즉각 움직였다.

아무리 적에게 철의 장벽이라 불리며 함락된 적이 없는 다섯 개의 성이라고는 하지만, 대형 공성 장비와 무려 6배에 달하는 병력이 정연하게 움직이는 모습은 경각심을 가지기에 충분했다.

윈저드 성에 있는 병력은 고작해야 7천 명. 아마도 성에 거주하고 있는 가용한 모든 인력을 총동원해도 1만을 넘지 않을 것이다. 그런 상황에서 4만이 넘는 병력이라니.

"윈치를 정비하라."

"화살은 충분히 준비되었는가?"

"궁수는 준비 태세를 갖춘다."

성 안에서 어지러운 고함 소리가 들려오기 시작했고, 병사들은 긴장한 채 오와 열을 맞춰 웅장한 소리를 내며 다가오고 있는 나파즈 왕국군을 지켜보고 있었다.

그렇게 진격해 오던 나파즈 왕국 병력은 어느 정도 간격이 유지되자 진격을 멈췄다. 그곳은 노포의 사거리 밖이었다.

그 이유는 바로 알 수 있었다. 나파즈 왕국의 병력이 좌우로 갈라지며 거대한 공성 장비가 앞으로 모습을 드러내고 있었다. 트레뷰셋(Trebuchet)이 보였다.

그것만 있는 것이 아니었다. 망고넬(Mangonel), 노포, 공성탑(Siege Tower), 충차(Bettering Ram) 등 다양한 공성 무기가 나왔다.

그리고 가장 먼저 나파즈 왕국의 선두에 섰던 5천에 이르는 궁수부대로부터 화살이 쏘아졌다.

"궁수 일발 장전!"

"쏴!"

쉬시시시식!

수천 발의 화살이 쏘아졌다. 나파즈 왕국의 주력 활은 롱보우였다.

그 모습을 보던 미들턴 자작은 코웃음 쳤다. 공성 장비의 성능이 개선되었다고는 하나 500m를 넘기기 어렵다. 그리고 나파즈 왕국군과 자신이 서 있는 성과의 거리는 무려 600m. 성내의 노포는 사용할 수 없었다.

그런데 나파즈 왕국은 사거리가 더 긴 공성 무기를 놔두고 대뜸 화살부터 날렸다. 그래서 코웃음 쳤다. 대체 무슨 짓을 하려는 것일까?

그때 미들턴 자작의 눈에는 나파즈 왕국군의 중앙에서 무언가 빛이 반짝이는 것이 보였다.

"어?"

아주 미세한 빛이었다. 평소라면 아무렇지도 않게 지나쳤을 만큼의 빛. 그런데 그 빛이 무슨 안개처럼 나파즈 왕국의 진중을 빛냈다. 그 순간 최고도에 올랐던 화살이 그 힘을 잃지 않고 날카로운 소리를 내며 성을 향해 쏟아졌다.

"조, 조심해!"

실로 눈 깜짝할 사이였다. 그 눈 깜짝할 사이에 수천 발의 화살이 정확하게 성벽을 두드리기 시작했다. 일부는 성벽에 맞아 튕겨져 나갔고, 일부는 성벽 안으로 떨어졌다.

"크아아악!"

"아아아악!"

병사들이 비명을 질렀다. 그들도 롱보우의 사거리를 안다. 그래서 방심했다. 그런데 눈 깜짝할 사이에 성벽을 넘어왔다. 미처 방패를 들지도 못한 그 순간에 말이다.

그때 또다시 나파즈 왕국 진영에서는 화살이 발사되었고, 예의 빛이 안개처럼 퍼졌다.

"방패! 방패 들어! 방패 들란 말이다!"

그때야 정신을 차린 미들턴 자작이 미친 듯이 소리 높여 외쳤다. 그에 병사들과 기사들은 급급하게 방패를 들거나 성벽에 바짝 달라붙어 날아오는 화살을 피하거나 막아냈다. 하지만 그것은 시작일 뿐이었다.

이어서 쏟아지는 것은 거대한 바윗돌과 어린아이 머리통만 한 자갈들이었다.

무슨 수를 썼는지 날아오는 동안 바윗돌들과 자갈들은 불이 붙었고, 성벽에 부딪히며 폭발하거나 성내에 진입해 거대한 구덩이를 만들었다.

콰와아아앙! 콰앙! 쿠구구궁!

"으아아악!"

"피, 피해라!"

"살려줘어~"

"으아악! 내… 내 파알!"

아비규환이었다. 통째로 뭉그러진 자도 있었고, 바위에 깔려 형체조차 없는 병사도 있었다. 순식간에 피비린내가 진동했고, 비명 소리가 성내를 가득 채웠다.

"방패를 들어라! 방패를 들란 말이다."

"벽에 붙어라!"

와직! 우지끈! 쿠웅!

"어, 어찌……."

미들턴 자작은 말을 잇지 못했다.

"…지!"

아비규환 속에서 무슨 소리가 들렸다.

"…버지! 아버지!"

그의 눈에 어디에서 튀었는지 모를 핏물과 성내를 자욱하게 하고 있는 먼지가 뒤엉켜 말끔했던 조금 전과는 전혀 다른 모습의 데이나스 미들턴이 보였다.

아들이 자신의 팔을 흔들어 정신을 일깨웠다.

"전령! 전령을 보내라!"

정신을 차린 미들턴 자작의 말에 데이나스 미들턴은 곧바로 전령을 보내고, 성벽의 탑 중 가장 높은 탑에 올라 원거리 비상 통신인 전화(戰火)를 피워 올렸다. 위급을 알리는 비상 통신으로 주변 네 개의 성에 즉각적인 방어 준비를 시키는 것이었다.

보통 이런 전화를 피워 올리면 약 5분 내로 그에 응하는 답화가 피워 오르게 마련이었다. 그런데 답화가 피워 오르는 곳은 한 군데도 없었다.

오히려 치크 성과 루센 성에서도 자신이 피워 올린 것과 똑같은 전화가 피워 오르고 있었다.

'설마……'

데이나스 미들턴은 경악에 찬 얼굴로 입을 떡 벌릴 수밖에 없었다. 예상보다 병력이 적다고 생각했다. 그런데 아니었다. 나파즈 왕국의 병력은 루센 성과 치크 성에도 들이닥치고 있었다.

'역시… 그랬던가?'

암담해질 수밖에 없었다. 루센 성과 치크 성 역시 이곳과 같은 상황이라면 결코 견디기 쉽지 않을 터였다.

'알려야 한다.'

데이나스 미들턴은 판단을 내린 직후 빠르게 몸을 돌려 전화를 피워 올린 탑에서 벗어나려 했다.

그 순간이었다.

콰아아아앙!

어마어마하게 불의 바윗덩어리가 전화를 피워 올린 탑에 직격했다.

"크흐으윽!"

데이나스 미들턴은 답답한 신음성을 토해내며 허공에 붕 떠올라 무려 탑의 끝으로 튕겨져 나갔다.

퍼걱!

등에 충격이 전해졌다. 정신이 아득해졌지만 필사적으로 손과 다리를 놀렸다. 그저 허우적거릴지라도 말이다.

그때 그의 시선에 거뭇한 연기를 뚫고 또다시 떨어져 내리는 네댓 개의 바윗덩어리가 보였다.

"아~!"

그의 입술을 비집고 절망적인 탄식이 터져 나왔다.

콰앙! 콰아앙!

거대한 바윗덩어리는 탑과 부딪히며 거대한 폭발을 일으켰다. 그리고 성벽 탑은 그대로 비명을 지르며 무너져 내렸다. 그것을 신호로 나파즈의 왕국군이 진격하기 시작했다.

그들은 방패를 들어 올릴 필요도 없었다. 수없이 많은 화살과 거대한 공성 무기의 공격에 의해 이미 윈저스 성은 이리저리 파괴되었고, 성벽을 지키는 병사들은 고개조차 들어 올리지 못하고 있었다.

그르르륵!

기괴한 소리를 내며 지붕에 철갑을 댄 충차가 움직였고, 성벽 높이의 거대한 공성탑이 움직이기 시작했다.

공성탑을 끄는 병사들 주변을 방패로 빽빽하게 방어하면

서 적들의 공격을 막아내고 있었다.

"돌겨억!"

거대한 충차 중앙에서 한 명의 기사가 연신 외쳤고, 병사들은 함성을 지르며 충차를 거대한 성문을 향해 돌진시켰다.

쿠와아앙! 우직!

쿠웅! 쿠와앙! 우지직!

한 번, 두 번……

끊임없이 반복되는 충차의 돌진.

"막아!"

"나무! 나무를 가져오란 말이다!"

"뚫리면 안 된다. 뭐든 가져와!"

성문 안에서는 성문을 지키기 위해 안간힘을 썼다. 성문이 무너지면 안 된다. 하지만 악을 쓰고 방비하기는 했지만 이미 전세는 기울고 있었다.

성벽 위에 있는 이들은 숨기 바빴고, 적들의 화살과 공성 무기는 여전히 위력을 더해가고 있었다.

"사다리를 걸어라!"

"밀어! 더 밀어! 다 왔다!"

수십 대의 공성탑이 성벽 바로 앞에 도착하고, 수백 개의 사다리가 성벽 위로 걸쳐졌다. 그리고 결정적으로 그들의 전의를 상실케 하는 것이 있었으니. 하늘에서 작렬하는 수십 개의 불덩어리였다.

미들턴 자작은 붉게 물든 하늘을 보며 탄식을 터뜨릴 수밖에 없었다.

"마법… 마법이었구나!"

그랬다. 나파즈 왕국은 마법을 사용하고 있었다. 그것도 한두 명이 아닌 수십, 수백 명의 마법사가 있었다.

그들은 마법진을 사용해 화살을 더 멀리 보냈고, 바윗돌을 폭발시켰던 것이다. 그리고 마지막으로 무너진 성벽을 향해 전의를 상실케 하는 불덩어리를 쏘아 보내고 있었다.

불덩어리가 작렬하자 준비된 기름이나 돌덩이조차 던져 보지 못하고 적에게 너무나도 쉽게 성벽을 내줄 수밖에 없었다.

적은 물밀 듯이 뛰어들었다. 미들턴 자작은 적병을 베고 또 베었다.

하지만 베어도, 베어도 적병은 계속 밀고 들어오고 있었다.

"후와악! 후욱!"

어느새 미들턴 자작은 거친 숨을 들이쉬고 있었다. 또 한 명의 적병을 베었다. 손에 감각조차 없었다.

검병을 잡은 손이 미끌거렸다. 사슴 가죽으로 단단히 동여 맸지만 너무 많은 피를 먹었는지 사슴 가죽에마저 축축한 핏물이 흘러내리고 있었다.

쉬아아악!

날카로운 소리가 들려왔다. 미들턴 자작은 본능적으로 허리를 틀어 피했으나 완전히 피하지는 못했다. 허리 어림에 날카로운 통증이 전해졌다.

"크윽!"

답답한 소리를 낸 미들턴 자작. 입술을 깨물며 자신의 허리를 꿰뚫고 지나간 창의 주인에게 검을 꽂아 넣었다.

"커헉!"

하지만 거기까지였다. 또 다른 기사가 그의 등에 검을 쑤셔 박았다.

미들턴 자작은 물끄러미 자신의 가슴으로 삐죽하게 튀어나온 검을 바라보았다. 입에서 침과 핏물이 섞여 진득하게 흘러내렸다.

미들턴 자작은 고개를 돌리려 했다. 하지만 그 순간 삐죽 튀어 나왔던 검이 쑥 빠져나갔다.

"허억!"

바람 빠지는 소리를 내며 미들턴 자작이 그대로 무릎을 꿇었다. 가슴을 파고든 검이 빠져나가자 그의 전신에 휘돌던 힘도 함께 빠져나간 것이었다.

그리고 또 한 번의 날카로운 소리.

쉬이익!

서걱!

툭!

미들턴 자작의 목이 떨어졌다. 미들턴 자작의 목을 벤 기사는 검끝으로 목을 찍어서 높이 들어 올린 후 외쳤다.

"너희 사령관의 목이 여기 있다. 항복하라!"

"항복하라!"

"우와아아~"

성벽에 오른 나파즈 왕국의 병사들이 용기백배하여 외쳤다. 하지만 성 안의 카테인 왕국 병사들은 여전히 죽을힘을 다해 싸우고 있었다. 그리고 미들턴 자작의 목이 잘려 나가는 그 순간 성문 역시 터져 나가고 있었다.

콰아아앙!

우지끈! 쩌저적!

"부서졌다! 돌겨억! 돌격하라!"

"우와아아아악! 죽여! 죽여라!"

성문을 통해 나파즈 왕국의 병사들이 물밀 듯이 밀려들었다. 막으려 했으나 이미 충차를 전면에 세우고 들어오는 나파즈 왕국의 병사들을 막을 수 없었다. 그때를 같이 하여 여기저기서 항복하라는 말이 터져 나왔다.

죽기를 각오하려 했으나 실제 죽음 앞에서는 나약해지는 것이 인간의 본성일까?

제대로 지휘해 줄 장교나 기사의 태반이 죽어간 상황에서 죽기를 원하는 병사들은 적었다. 방패를 던지고, 칼을 던졌다. 깍지 낀 손을 머리 뒤로 올리고 무릎을 꿇었다. 한 번이 어렵지 두 번은 쉽다.

한 명의 병사가 무기를 버리고 항복하자 그 다음은 바닷가에 몰아치는 파도처럼 자동적으로 퍼져 나가고 있었다.

얼마 지나지 않아 성은 함락되고, 말론 백작과 코헨 군사장은 무표정하게 윈저드 성에 입성했다.

"마법이란 것이 대단하기는 하군."

"2~3서클의 마법사라 할지라도 대단한 것입니다. 그 활용도에 따라서 말입니다. 굳이 고서클의 마법사가 없어도 상관없습니다. 마법진이 있고, 직접적인 타격이 힘들다면 이처럼 짧게 운용할 수 있기 때문입니다."

"그렇군. 그나저나 에이츠 백작의 표정이 매우 궁금하군."

그 시각. 치크 성과 루센 성 역시 함락되어 있었다.

워릭서 성과 윈저드 성의 경우 W자의 밑에 부분에 위치하고 있어 전장에서 보면 전면에 해당한다. 때문에 각 7천에 이르는 정규 병력이 집결되어 있었다.

하지만 루센 성과 치크 성은 5천 정도의 병력밖에 없었다. 그 각각의 성에 불과 2만의 병력이 갔지만 그럼에도 병력의 열세와 마법이라는 신무기에 의해 그들은 오히려 윈저드 성보다 빠르게 함락되었던 것이다.

급하게 루센 성과 치크 성을 지원 나갔던 크릭 성과 워릭서 성의 병력은 닭 쫓던 개 모양으로 분을 참지 못하였으나 다섯 개의 성 중 이미 세 개의 성이 함락 되었으니, 이제는 스스로의 생존을 도모할 수 밖에 없었다.

"어떻게 그럴 수가……."

예이츠 백작은 아연한 모습으로 나직하고 입을 열었다. 충분히 해볼 만하다고 생각했다. 한데, 막상 뚜껑을 열어보니 아니었다. 적은 기상천외한 방법으로 전투를 이끌어가고 있었다.

4서클 이상이 아니면 전투에 별 쓸모가 없다는 기존의 생각을 완전히 뒤바꾼 그들의 전략 말이다.

그들 대부분은 2~3서클의 마법사. 화살과 공성 무기에 윈드 마법을 폭발시켜 사거리를 비약적으로 늘렸고, 모자란 부분은 마법진으로 보충했다.

고서클의 마법사가 아닌 단지 2~3서클의 마법이 전부였다. 심지어 3서클의 마법은 보이지도 않았다. 그저 매직 미사일과 파이어 볼이 전부였다. 하지만 그 결과는 참혹하기 그지없었다.

그리고 결정적으로 또다시 그 상황이 재현된다 할지라도 특별하게 대처할 방안이 없다는 것이 문제였다.

마법사가 있긴 있었지만 장거리 통신을 위한 마법사나 부상당한 기사들의 상처를 회복시키는 용도로 활용되는 마법사밖에 없었다.

대적조차 할 수 없는 것이다. 병력도, 인력도 완벽하게 밀리는 상황이었다.

성문을 꼭꼭 걸어 잠그고 농성한다 해서 달라질 것은 없었다. 마법에 의한 공격에는 어찌 해볼 도리가 없었기 때문이다.

때문에 예이츠 백작의 이마에는 굵은 주름이 잡혔다. 그들이 성을 점령하고, 정비하고, 다시 전투에 나서기까지는 많아야 2~3일의 시간. 그 시간 동안 무언가 대책을 마련해야만 했다.

"저……."

"할 말 있는가?"

"예에……."

말을 늘이는 자는 저스틴 프리스트 자작이었다. 몰락한 자작 가문의 아들로 태어나 가문을 일으키고자 스스로의 힘으로 엘리시온 아카데미에 진학하고, 바이큰 족과의 전투에 참전하여 혁혁한 전공을 세워 다시 가문을 일으켜 세운 입지전적인 인물이었다.

하지만 그렇다 하더라도 홀로 몰락해 버린 가문을 완벽하게 부흥시키기란 참으로 지난한 일이었다. 가문이란 것은 권력과 자금, 운이 맞아 떨어지지 않는 한은 결코 쉽게 일으켜 세울 수 있는 것이 아니었으니까.

그래서 그가 찾아든 곳은 바로 남부의 예이츠 백작 가문. 예이츠 백작은 남부에서 나름 독자적인 세력을 구축하고 있었으며, 약간의 독선적인 면이 있기는 하지만 그 부분을 제외하고는 꽤 뛰어난 귀족이었기 때문이었다.

"들어보지."

"예니체리를……."

"그 무슨 말도 안 돼는 소리요!"

"죄수들과 함께한다니……."

그가 말을 꺼내자마자 크루즈 남작과 투드힐 남작이 당장에 반박하고 나섰다. 절대 있을 수 없는 일이라는 듯이 말이다.

그들은 대번에 불쾌한 얼굴을 했다. 작위 때문에 크게 소리 내지는 못했지만 만약 같은 작위였다면 큰 싸움이 벌어질 정도였다.

"그마안!"

그에 예이츠 백작이 손을 들어 그들을 제지했다. 그는 프리스트 자작을 뚫어지게 바라보았다. 이곳에는 자신을 비롯해 세 명의 남작과 세 명의 아들, 그리고 네 명의 기사단장이 자리하고 있었다.

하지만 그 누구도 프리스트 자작보다 뛰어난 판단력을 가졌다고 할 수 없었다. 그가 단지 세력이 없다뿐이지 그 스스로가 가진 무력과 뛰어난 지모는 여기 있는 자신의 수족들보다 낫다 할 수 있었다.

그럼에도 예이츠 백작이 선뜻 그를 받아들일 수 없는 것은 그가 굴러온 돌이었기 때문이다.

예이츠 백작과 프리스트 백작이 함께한 시기는 겨우 5년여. 그 짧은 시간에 서로의 모든 것을 믿는다는 것은 쉬운 일이 아니었다.

"계속해 보게."

"예니체리는 신병이라는 고대어입니다. 그리고 그들은 분명 알카트라즈의 죄수들이고 말입니다. 하나, 우리가 간과해서는 안 될 것이 하나 있습니다."

"무언가?"

"알카트라즈로 갔던 이들 중 과연 진정 법을 어기거나, 기사나 귀족으로서, 혹은 군인으로서 그 도의를 저버린 자들이 몇 명이나 된다고 생각하십니까?"

"……."

프리스트 자작의 말에 예이츠 백작은 물론 남작들조차 입을 다물었다. 그들도 알고 있다. 알카트라즈가 단순히 극악한 범죄자들이 모여 있는 곳이 아니라는 것을 말이다.

권력의 중심에 있는 자들이 말하는 알카트라즈는 권력에 의해 제거된 자들의 수용소와 같은 곳이었다.

"소작이 알기로 예니체리를 이끌고 있는 자는 카이론 에라크루네스라는 자로, 그는 열아홉에 중대장의 자리에 올라 피를 마시는 자로 유명한 바이큰 족의 고야틀레 천부장을 단신으로 격파했습니다."

프리스트 자작은 담담하게 자신이 알고 있는 것을 내뱉기 시작했다.

"또한 바이큰 족과의 전투에서 비수 진지를 개척했으며, 스물에 특전여단 전대장이 되어 익스퍼트 상급으로 알려진 스트라이든 말코비치 자작을 정당한 기사 대전으로 승리했습니다."

"커험. 그것은 이미 모두 알고 있는 사실 아니오? 아무리 훈련 중이라고 하지만 군인으로서, 귀족 가문의 일원으로서 어찌 그렇게 잔혹하게 손을 쓸 수 있단 말이오. 그것은 분명 어떤 노림수가 있었던 것이라 할 수 있소."

솔터 남작이 외쳤다. 그에 프리스트 자작이 솔터 남작을 바라보며 입을 열었다.

"정녕 그것이 사실이라 여기십니까?"

"커허엄! 아니, 그야……."

"말 같지도 않은 귀족파의 억지라는 것은 여기 계시는 모든 분들 역시 아실 겁니다. 그런 자가 과연 죄수라 할 수 있을까요? 그들이 죄수라면 귀족 중 그의 죄목에서 자유로울 수 있는 자가 과연 몇이나 될 것이라 생각하십니까?"

"그래서 어쩌자는 것인가?"

그때 조용히 대화를 듣고 있던 예이츠 백작이 입을 열었다. 그에 모든 시선이 그에게로 향했다.

"연합을 해야 합니다."

"연합이라……."

몰라서 묻는 말도 아니었다. 알고도 물을 수밖에 없었다.

연합을 제의받았을 때의 시점과 지금의 시점은 다르다. 그때는 동등한 입장이라 할 수 있으나 지금은 허리를 숙이고 들어가야만 했다.

"아니 됩니다."

"그게 말이나 되는 소리요. 그들에게 숙이고 들어가란 말이오?"

"현실!"

답답한 듯 프리스트 자작이 외쳤다.

"현실을 직시하란 말입니다. 영지민을 위하고, 영지를 걱정하고, 이 왕국을 걱정한다면 그깟 자존심 따위는 버리란 말입니다! 그들이 죄수가 아니라는 것도 알고, 그들이 정당하다는 것도 알고, 그들이 강하다는 것도 압니다! 그런데 고작 그 자존심 하나 때문에 그들을 매도할 겁니까?"

프리스트 자작의 말에 다들 찔끔하는 표정이었다.

말은 맞다. 하지만 인정할 수 없었다. 그가 온다면 자신들의 자리는 좁아지니까. 그런 그들의 표정을 바라본 프리스트 자작은 현재 상황을 어찌할 수 없음을 깨달았다.

"연… 합은 없네. 프리스트 자작은 자중하라."

결국 예이츠 백작의 입이 무겁게 열렸다. 그에 프리스트 자작의 소매 속에 감춰진 손아귀가 꽉 쥐어졌다. 어금니를 꽉 깨물었다. 그는 크게 심호흡을 했다.

그때 그의 옆에서 들려오는 음성이 있었다.

"지금이라도 늦지 않았습니다. 워릭셔 성을 버리심과 동시에 주변에 원군을 요청하십시오."

페르디낭 포슈 남작이었다.

그는 첸버튼의 사람으로 이제 겨우 서른세 살이었다. 역삼각형의 얼굴에 쥐상을 하고 있으며, 간사하게 좌우로 쭉 찢어진 눈이 그 가진 바 성정의 간교함을 보여주고 있었다.

평소 프리스트 자작과 항상 반대 의견을 내던 귀족으로 반대를 위한 반대를 일삼던 사람이었다. 스스로 권력욕이 강한 사람으로 그의 주변에는 역시 허영심과 권력욕이 강한 자들이 몰려들었다.

"그걸 지금 말이라고……."

"죄수 놈들과 연합하는 것보다야 백배는 낫지요. 설마 예이츠 백작 각하께서 한 달 정도를 버티지 못할 것이라 생각하는 게요? 게다가 워릭셔의 병력까지 하면 해볼 만하지 않겠소? 그들이 점령한 성을 버려두지 않는다면 가용할 수 있는 병력은 4만 정도. 충분하다고 생각되오."

"그렇습니다. 포슈 남작의 말이 백번 지당하다고 생각되어집니다."

그에 평소 그와 함께 어울리기를 주저하지 않았던 투드힐 남작이 나서 그의 말에 동조했다. 그의 동조에 다른 자들까지 고개를 끄덕였다.

"좋다. 포슈 남작을 새로운 참모장으로 임명한다. 세부적인 작전 계획을 오늘 저녁까지 올려라. 또한 워릭서 성의 전력은 그대로 유지하되 총동원령을 내리도록 하라."

"명을 받듭니다."

그렇게 군례를 취하며 사이한 웃음을 지어보이는 포슈 남작이었다.

"잠시 정회 후에 석식 후 다시 회의를 속개하도록 한다."

"명을 따릅니다."

회의실에 있던 이들이 일어나 군례를 취했다.

예이츠 백작이 자리에서 일어나 회의실을 벗어남에 기사들과 귀족들은 포슈 남작에게 다가와 새롭게 참모장이 된 것을 축하해 주기 바빴다.

그들의 축하인사를 일일이 받아주는 와중에도 포슈 남작은 프리스트 자작을 지켜보는 것을 게을리하지 않았다.

마침내 둘의 시선이 부딪혔을 때, 포슈 남작의 입가에는 비열한 미소가 떠올랐다. 그에 프리스트 자작은 말없이 신형을 돌려 자신의 처소로 걸음을 옮겼다.

그러한 그를 그 누구도 지켜보지 않았다.


프리스트 자작은 처소에 돌아오자마자 짐을 정리하기 시작했다.

"무슨 일이십니까?"

"은밀하고 빠르게 주변을 정리하게."

"왜……."

"떠나야 할 때이네. 내가 주인을 잘못 골랐음이야."

"하나……."

"죽고 싶은가?"

"예?"

"이곳에 있으면 필히 죽을 것이네."

"하지만 기사라면……."

"헛된 죽음이라는 것을 모르는가? 방법이 있음에도 불구하고 그 알량한 자존심 때문에 시체 무덤을 만드는 자들과 무엇을 한단 말인가?"

프리스트 자작의 호통에 기사 크로노스 케이프의 목이 움찔했다.

"무얼 하는 겐가? 어서 실행하지 않고."

"아, 알겠습니다."

그들은 빠르게 짐을 정리했다. 이곳에 올 때에도 아무것도 없이 왔다. 5년이면 군살림이 늘었을 만도 하건만 프리스트 자작은 마치 지금의 상황을 예견이라도 한 듯 올 때 그대로였다.

이내 프리스트 자작의 처소는 텅 비어버렸다. 그런 텅 빈 처소로 문을 두드리는 자가 있었다.

"안에 계십니까?"

한 명의 기사와 다섯 명의 병사였다. 안에서 소리가 없자

기사는 살짝 안색을 찌푸리며 병사들에게 눈짓을 했다.

그에 병사 중 한 명을 제외하고 나머지는 조심스럽게 검을 뽑아들고 방패를 앞으로 내밀었다.

딸깍!

기사가 손잡이를 돌렸다.

끼이익!

문이 열리고 재빠르게 병사들이 뛰어 들어갔다. 하나, 이미 비어버린 방이었다. 빈 방에 창문이 열려 있었고, 그 사이로 바람이 불어 커튼이 나풀거리고 있었다.

기사는 빠르게 창 쪽으로 가 밖을 살폈지만 아무것도 발견할 수 없었다.

"젠장. 벌써 튀었군."

기사답지 않은 말이 입에서 튀어나왔다. 기사는 검을 수납하고 여기저기를 들쑤셨지만 어떤 종적조차 없었다.

"복귀한다."

"명!"

그 기사는 복귀하면서 자신을 프리스트 자작의 처소로 보낸 자에게로 향했다. 그자는 다름 아닌 바로 페르디낭 포슈 남작이었다.

"처소에 갔을 때는 벌써 도주한 후였습니다."

"뭐? 도주? 아하하. 고귀하신 혈통이 도망을 갔단 말이지."

"쫓을까요?"

"아니, 그만! 지금은 전투에 집중해야겠지."

포슈 남작은 욕심이 많았으나 그렇다고 앞뒤 못 가릴 정도의 인물은 아니었다. 지금은 우선 살고 봐야 했다. 일단 주변 영지로 원군을 요청하는 전령이 떠났다.

이곳이 철의 장벽을 유지시키는 본성이니만큼 성벽과 성문을 믿을 수밖에 없었다.

버텨내야만 한다. 그러면 승산은 분명 있다. 버텨낸다면 앞뒤로 적을 맞이해 적을 반으로 나눌 수 있을 것이고, 그럼 답답한 저들은 무리한 작전을 수행할 수밖에 없다.

바로 그때가 전세를 역전시킬 절호의 기회가 될 것이다.

＊　　　＊　　　＊

"뭔가?"

"크릭 성에서 나오는 전령입니다."

말론 백작은 무심하게 꽁꽁 묶여 있는 병사를 바라보다 자신의 책상 위에 놓인 서찰을 봤다.

"한 명이 아닌 모양이로군."

"현재 3명을 추포했습니다."

"어리석군."

"저들은 아직 아군의 전력을 파악치 못하고 있으니 당연한 결과입니다."

코헨 군사장의 말에 말없이 고개를 끄덕인 말론 백작은 세장의 서신을 읽어 내려가기 시작했다.

"병력을 두 곳으로 모아 총력전을 펼칠 생각인가 보군."

"아마도 지금으로서는 최적의 작전일 것입니다. 워릭서 성은 성의 위치가 높고 견고해 마법을 사용한다 해도 쉽지 않을 것입니다. 그것은 크릭 성도 마찬가지여서 다섯 개의 성 중 가장 두터운 성벽과 높이를 가지고 있습니다."

"물론 방안은 있겠지?"

마치 이 정도는 일은 당연하다는 듯이 묻는 말론 백작이었다. 그에 코헨 군사장 역시 덤덤하게 자신의 생각을 그려내고 있었다.

"워릭서 성을 고립시킵니다. 루센 성의 병력이라면 충분히 가능할 것이라 사료됩니다."

"크릭 성에 집중하자는 말이로군."

"그렇습니다. 어차피 그들은 버티는 것이 최선이기 때문에 나서지 않을 것이 분명합니다."

"하면 크릭 성은?"

"트리뷰셋과 캐터펠트, 그리고 시즈 타워를 적극 활용해 하루 세 차례 적의 성벽을 두드립니다. 동시에 토목 공병을 투입, 갤러리(Gallery, 은폐된 목제 통로)를 확장합니다."

그렇게 말하면서 코헨 군사장은 일직선으로 선을 긋다가 성의 내부 공터에서 멈췄다. 그 공터는 영주관 바로 뒤에 위치했는데 상당한 거리가 있었다.

"힘들지 싶군."

"물론 토목 공병만이 투입시킨다면 그렇습니다."

"마법사들을 투입시키겠다는 말인가?"

"1서클의 마법에는 '디그' 라는 기초적인 마법이 있습니다."

"그것은 구덩이를 파는 마법이 아니던가?"

"수직을 수평으로 바꾸면 되지 않겠습니까?"

"그게 가능하던가?"

"공성을 위해 준비했습니다."

"좋군."

그제야 말론 백작은 냉혹한 얼굴에 얇은 미소를 떠올렸다. 그렇다면 문제없다.

지금 군단 내에는 2천 명에 이르는 마법병단이 존재했다. 그 대부분이 2~3서클의 마법사이고, 약 50명가량의 4서클 마법사가 동행했다.

그들이라면 충분할 것이다. 어차피 공성 무기로 그들을 겁박하는 것은 그저 변죽만 울리는 것일 뿐이니까 말이다.

"실전 훈련이라 생각하면 되겠군."

"물론입니다. 또한, 실제 표적에 대한 공격을 실시할 것입니다."

"좋군. 바로 실행한다."

"명을 따릅니다."

아직 날이 저물었다. 코헨 군사장의 명이 내려지면 5만의 병력은 거침없이 움직일 것이다. 그리고 그것을 증명이라도 하듯이 전고와 뿔나팔 소리가 막사 안을 울렸다.

두둥! 둥! 두두둥! 둥! 둥! 둥!

뿌우! 뿌우우!

"트레뷰셋 앞으로! 방패병 방패 들어! 완보!"

"망고넬 앞으로! 방패병 방패 들어! 완보! 완보!"

병력이 갈라지며 공성 무기가 앞으로 나아갔고 시즈 타워에서는 병사들과 함께 마법사들이 올라 적의 공성 무기의 사거리 밖에서 공격을 시작했다.

말론 백작은 어느새 풀 플레이트 메일을 착용하고 백마에 몸을 실어 전장에 모습을 보였다.

그는 전장을 지휘하는 것처럼 보였으나, 어지러운 전장 한가운데 은밀하게 적의 사각지대로 움직여 나가는 일단의 병력을 지켜볼 뿐이었다. 적은 지금 정신이 없을 것이다. 실제 공격이 시작되니 당연한 것일 게다.

그때 예이츠 백작 역시 성벽의 탑에 올라 적의 질서 정연한 모습과 끊임없이 날아오는 거대한 바윗돌을 바라볼 뿐이었다.

적들의 공성 무기는 끊임없이 성벽을 공격했고, 일정 지점을 강타하고 있었다.

사거리는 차치하고라도 놀랍도록 정확한 공격이었다. 그와 함께 수백 대의 시즈 타워에서 여름날 소나기처럼 굵은 화살이 하늘을 시꺼멓게 물들이고 있었다.

"방패 들어! 방패 들란 말이다!"

"겁먹지 마라! 적은 절대 성벽을 부술 수 없다!"

기사들과 장교들이 연신 병사들을 독려했다. 하지만 그것을 비웃기라도 하듯이 거대한 바윗돌이 성내로 진입해 커다란 폭음을 내며 몇 명의 병사가 피떡이 되어 핏물로 사라졌다.

콰카가강!

"크하악!"

"으아악! 살려줘어!"

그리고 그것은 이제 시작에 불과했다. 예이츠 백작은 성 밖을 내다보며 신음성을 낼 수밖에 없었다.

5만이라는 수는 결코 무시할 수 있는 수가 아니었다. 마치 크릭 성과 윈저드 성 사이의 산을 병력으로 빼곡하게 메워놓은 것 같았다.

콰아아앙!

"위, 위험합니다."

쿠우웅!

"으윽"

우수수수!

그때 하나의 바윗돌이 예이츠 백작이 있던 탑을 직격했다.

부서지지는 않았으나 그 강렬한 충격에 예이츠 백작과 함께 탑에 있던 이들은 바닥에 나동그라졌다.

예이츠 백작은 측근들의 부축을 받으며 몸을 일으켜 세워야만 했다.

그의 얼굴이 딱딱하게 굳어졌다. 해볼 수 있는 것이 아무것도 없었다. 사거리 밖에서 쏟아져 오는 공성 무기와 화살들. 도대체 어떻게 해야 한단 말인가?

'프리스트 자작의 말을 들었어야 했던가?

예니체리라는 희한한 이름을 한 부대의 협력을 거절치 말았어야 했다는 것을 깨닫는 데에는 그리 오랜 시간이 걸리지 않았다.

예이츠 백작은 어금니를 피가 나도록 깨물었다.

『워리어』 6권에 계속…

# 내일을 향해 쏴라

**김형석 장편 소설**

FUSION FANTASTIC STORY

1만 시간의 법칙!
'성공은 1만 시간의 노력이 만든다'는 뜻이다.

그러나…
사회복지학과 복학생 수.
전공 실습으로 나간 호스피스 병동에서
미지와 조우하다.

1만 시간의 법칙?
아니, 1분의 법칙!

전무후무한 능력이 수에게 강림하다!
맨주먹 하나로 시작한 수의
인생역전이 시작된다!

Book Publishing CHUNGEORAM

유행이 아닌 자유추구 -
WWW.chungeoram.com

# 데일리 히어로

FUSION FANTASTIC STORY

## 인기영 장편 소설

## 지금까지 이런 영웅은 없었다!

# 『데일리 히어로』

꿈과 이상을 가진 평.범.한. 고딩 유지웅.
하지만……
현실은 '빵 서틀' 일 뿐.

그러던 어느 날, 유지웅의 앞에 나타난 고양이.
그(?)로 인해 모든 것이 바뀌었다.

## 선행! 선행! 그리고 또 선행!

### 데일리 히어로 유지웅의 선행 쌓기 프로젝트!

Book Publishing CHUNGEORAM

유행이 아닌 자유추구 -
WWW.chungeoram.com

# The Record of
# Dragon's Return

## 재중 귀환록

### 푸른 하늘 장편 소설
#### FUSION FANTASTIC STORY

『현중 귀환록』, 『바벨의 탑』의
푸른 하늘 신작!
이계를 평정한 위대한 영웅이 돌아왔다!

어느 날 갑자기 찾아온 부모님의 죽음.
그리고 여동생과의 생이별.
모든 것을 감당하기에 재중은 너무 어렸다.
삶에 지쳐 모든 것을 포기할 때, 이계에서 찾아온 유혹.

"여동생을 찾을 힘을 주겠어요.
…대신 나를 도와주세요."

자랑스러운 오빠가 되기 위해!
행복한 삶을 위해!

**위대한 영웅의
평범한(?) 현대 적응이 시작된다!**

Book Publishing CHUNGEORAM

유행이 아닌 자유추구 -
WWW.chungeoram.com